창룡군림 17

초판 1쇄 발행 2025년 4월 21일

지은이 | 북미혼
발행인 | 최원영
편집장 | 이호준
편집디자인 | 박민솔
영업 | 김민원 조은걸

펴낸곳 | ㈜ 디앤씨미디어
등록 | 2002년 4월 25일 제20-260호
주소 | 서울시 구로구 디지털로32길 30 코오롱디지털타워빌란트 1301-1308호
전화 | 02-333-2513(대표)
팩시밀리 | 02-333-2514
E-mail | papy_dnc@dncmedia.co.kr
블로그 | blog.naver.com/gnpdl7

ISBN 979-11-364-6112-4 04810
ISBN 979-11-364-5126-2 (SET)

※ 저자와 협의하여 인지는 붙이지 않습니다.
※ 이 책은 ㈜ 디앤씨미디어(파피루스)가 저작권자와의 계약에 따라 발행한 것으로 본사와 저자의 허락 없이는 어떠한 형태나 수단으로도 내용을 이용할 수 없습니다.

17

북미혼 신무협 장편소설

창룡군림

PAPYRUS ORIENTAL FANTASY

1장 ··· 7

2장 ··· 33

3장 ··· 59

4장 ··· 85

5장 ··· 111

6장 ··· 137

7장 ··· 163

8장 ··· 189

9장 ··· 215

10장 ··· 241

11장 ··· 255

12장 ··· 281

1장

"조 형, 갑자기 무슨 고변이야?"

오정길은 의아한 듯 물었다.

"아는 사람입니까?"

"저희를 많이 도와주는 친구입니다."

"많이 도와주는 친구라……?"

진무성은 높은 경지는 아니지만 분명 무공을 배운 듯 어느 정도 기가 느껴지는 조덕술을 가만히 보더니 물었다.

"고변이라고 했지요?"

"예!"

"믿으실지 모르지만 전 누가 거짓말을 하면 즉시 알아챕니다. 고변하겠다는 말 자체는 사실 같지만 내용도 사실이어야 할 겁니다. 만약 거짓말을 조금이라도 보탠다면 광동의 흑도들은 전부 죽습니다. 하지만 모든 것을 거짓 없이 고변한다면 당신은 살 겁니다."

순간 조덕술은 온몸을 사시나무 떨 듯 떨기 시작했다. 진무성의 살기가 그의 몸 전체를 감싸 왔기 때문이었다.

"아, 아, 아닙니다. 절대 사실만 말하겠습니다."

"그럼 이번 폭동을 사주한 자부터 말해 보시지요."

"예에? 그, 그걸 어떻게……."

진무성의 질문에 조덕술은 화들짝 놀란 표정으로 반문했다.

"고변을 하겠다고 나섰다는 것은 최소한 목숨만이라도 살겠다는 의미 아닙니까? 그러니 시간 끌지 말고 말하시지요."

사실 조덕술은 사실과 거짓을 섞어 말하여 자신은 진정으로 인부들을 위해 온 것이고 우상만은 사공일의 사주를 받았다고 말할 생각이었다.

자기는 살고 가장 미운 우상만과 공포의 존재인 사공일은 진무성의 손을 빌려 없앤다는 것이 드디어 그가 찾아낸 해법이었지만 상대를 잘못 골랐다는 것을 몰랐다.

자신이 고변을 하겠다고 나선 이유를 당장에 알아차리는 것으로 보아 어떤 거짓말이건 통하지 않을 것이 뻔해 보였기 때문이었다.

 몸을 부들거리던 조덕술은 오정길을 한 번 슬쩍 보더니 결국 전부 불기 시작했다.

 뒤가 어찌 됐던 우선 사실을 말하면 자신은 살 수 있다는 말을 믿기로 한 것이다.

 조덕술이 자신이 방주가 되고 사공일을 찾아간 일부터 모든 것을 불기 시작하자 진무성의 표정은 싸늘하게 굳어지기 시작했다.

 그의 추측대로 대무신가의 짓임은 확실하게 드러났다. 그 노인의 성이 사공이 아닌가……

 물론 중원에 사공을 성으로 사용하는 사람은 상당히 많았다. 하지만 이런 상황에서 같은 성을 쓰는 자가 나타났다는 것은 우연이라고 보기에는 너무 절묘했다.

 '성을 감추지 않고 그냥 사용한다는 것은 그만큼 걸리지 않을 자신이 있다는 말이렷다! 그럼 그게 얼마나 큰 실수인지 보여 줘야겠지.'

 지금 진무성은 대단히 화가 난 상태였다. 대무신가의 이번 계획이 목적하는 것이 무엇인지는 아직 알 수 없었다. 하지만 왜구들까지 동원한 것으로 보아 금품 탈취가 가장 유력해 보였다. 그 말은 지금 대무신가의 재정에 문제가 생겼다는 의미일 수도 있었다.

천존마성을 몰락시키고 자신들이 천존마성의 세력을 탈취할 목적일 수도 있었다. 광동은 중원의 어떤 성보다도 많은 돈이 오가는 곳이기 때문이었다.

하지만 그 목적이 무엇이건 진무성에게는 상관이 없었다. 그가 만겁마종과 결판을 내지 않았다면 분명 수천 명에 달하는 인부들이 천존마성에 의해 죽거나 관에 의해 큰 고초를 겪게 될 것이 분명함을 알고도 이들을 이용했다는 것이 그를 참을 수 없게 만들고 있었다.

"도와주러 오기로 한 자들은 언제 도착하기로 되어 있었지?"

"약속대로라면 어제 도착했어야 했습니다."

사공일이라는 자가 이들에게 거짓말을 쳤을 수도 있고, 지가가 진무성에 의해 제거됨으로써 오지 못한 것일 수도 있었다.

"왜구가 온다는 것은 알고 있었나?"

"왜구가 나타나면 저희들에게는 즉시 포구를 떠나라고 지시했습니다."

'이놈들 봐라……'

진무성의 눈에서 살광이 나타났다.

조덕술의 말이 사실이라면 천존마성에게 죽거나 관에 의해 토벌을 당하기 전에 왜구들에 의해 모두 죽었을 수도 있었다는 것을 직감했기 때문이었다.

"사공일은 어디로 가면 만날 수 있느냐?"

"홍항 포목거리에 가면……."

조덕술은 사공일이 있는 곳을 아주 자세하게 설명했다. 그를 직접 보면 이상할 정도로 꼼짝을 못했지만, 그와 헤어져 방으로 돌아오면 사공일을 죽일 방법만 생각할 정도로 그는 사공일에 대해 원한이 깊었다.

오정길을 비롯한 모두는 의아한 표정을 지었지만 공손하게 기다리고 있었다.

분명 둘이 대화를 나누는 것을 보고 있음에도 그들에게는 둘의 목소리가 전혀 들리지 않았다. 진무성이 혹시 있을지 모를 첩자를 염려해 소리를 차단했기 때문이었다.

그리고 드디어 둘의 목소리가 들리기 시작했다.

"대, 대협 저, 저는 살려 주시는 겁니까?"

"거짓없이 모든 것을 말하면 살려 준다고 이미 약속했습니다."

조덕술은 안도의 한숨을 내쉬며 다시 머리를 땅에 대며 말했다.

"가, 감사합니다."

진무성은 그의 인사는 받지도 않고 한쪽을 향해 전음을 보냈다. 그러자 천존마성의 장로인 귀수마도가 십여 명의 중년인과 함께 진무성 앞에 떨어져 내렸다.

"성주님께는 도움이 필요 없다고 했는데 가만 생각해 보니까 결국 결자해지는 천존마성에서 해야 할 것 같더 군요. 아까 보셨겠지만 이놈들은 왜구까지 동원을 했더군요. 다행히 제가 알맞게 도착하는 바람에 왜구들은 모두 제거했습니다. 이제 남은 것은 이번 일을 일으킨 주모자인데 전 그놈들을 없애러 갈 생각입니다. 이제부터 장로님께서는 이 일에 연관된 흑도파들을 모두 추포하시고 책임을 물으십시오. 단 양민들은 한 명도 건드리면 안 됩니다. 그것은 성주님과 약속이 된 일입니다."

마도인들이 가장 무서워하는 것 중의 하나가, 자신들의 수장과 약속을 했다는 말이었다. 그 말을 허투루 듣고 일을 진행했다가 약속을 어겼다는 말이 나오면 그것은 거의 죽음이었다.

"건드리지는 않겠지만 책임 소재는 밝혀야 하지 않겠습니까?"

"책임 소재는 없습니다. 이분들은 흑도파들의 협박과 감언이설에 속아 그냥 이곳에 모인 것뿐입니다."

"하지만……."

"전 성주님과 약속을 했고 지금 약속대로 일을 처리하고 있습니다. 그런데 장로님께서 자꾸 이러신다면 그것은 저와 천의문을 무시하는 것으로 생각할 수 있습니다."

 순화하여 무시라고 했지만 귀수마도의 귀에는 전쟁을 하겠느냐는 말로 들렸다.

 '성주님과 화기애애하게 헤어졌다고 들었는데 이따위 천한 인부 놈들 때문에 진짜 본 성과 전쟁이라고 하겠다는 거야 뭐야?'

 그는 진무성이 이들 때문에 전쟁도 불사할 듯이 강하게 나오는 것이 이해가 되지 않았다. 하지만 더 이상 반문하였다가는 오히려 자신의 목이 만겁마종에게 떨어질 수도 있겠다는 생각이 들었다.

 "알겠습니다. 그럼 흑도 놈들은 저희가 알아서 처리해도 되겠지요?"

 천존마성은 홍항의 모든 흑도파들에 대해 세세히 알고 있었다. 당연히 엎드려 있는 조덕술도 알고 있었다.

 "그건 알아서 하십시오."

 귀수마도는 수하들을 향해 말했다.

 "이 안에 있는 흑도파놈들을 모조리 추포해라! 양민들은 건드리지 마라."

 "예!"

 수하들은 기다렸다는 듯이 인파 속으로 뛰어들었다. 그리고 그들은 이천 명이 넘는 사람들 사이에 끼어 있는 흑도파들을 족집게 찝듯이 정확하게 제압해 나갔다.

"대, 대협! 저는 살려 주신다고 하지 않으셨습니까?"

귀수마도의 수하 중 한 명이 조덕술을 잡아 일으키자. 그는 깜짝놀라 진무성을 향해 살려 달라는 듯 소리쳤다.

그러자 진무성은 깜빡 잊고 있었다는 표정으로 귀수마도를 보며 말했다.

"저자는 죽이지는 마십시오."

"알겠습니다."

그 말을 끝으로 진무성의 신형이 사라지자 조덕술을 울부짖듯 다시 소리쳤다.

"대, 대협 천존마성에 끌려가면 살아도 산 것이 아닙니다!"

그는 이들에게 잡혀 가는 순간 산다 해도 거의 반병신이 되어 나오게 될 것을 알고 있었다. 재수없으면 평생 뇌옥 속에 갇혀 지낼 수도 있었다.

그는 다시 처절한 목소리로 진무성이 사라진 쪽을 향하여 소리쳤지만 너무 빠르게 사라진 진무성의 귀에까지 전달이 되었을지는 알 수 없었다.

"너희놈들 모조리 잡아가 포를 떠도 시원치 않거늘, 진문주 덕에 살려는 주지만 눈여겨 주시할 것이니 조심해라!"

귀수마도는 오정길 등이 이번 일을 주도한 인부들 대표라는 것을 금방 알아보고는 살기를 풀풀 날리며 작게 협박을 했다.

도저히 그냥 묵과할 수 없어 겁이라도 줘야겠다는 생각으로 협박을 했지만, 잘못하여 진무성이 듣기라도 하면 일이 이상하게 꼬일 수도 있기 때문이었다.

하지만 협박은 협박일 뿐이었다. 결국 살았다는 것을 안 양민들은 환호성을 내지는 못했지만 모두 안도의 한숨을 내쉬며 진무성이 사라진 방향을 향해 깊게 허리를 숙였다.

* * *

사공일의 얼굴에는 초조함이 가득했다.

폭동이 일어나고 곧 항구를 장악하자 사공일은 천존마성의 홍항 분타를 공격했다. 홍항 분타를 없애야 어느 정도 시간을 벌 수 있기 때문이었다.

그리고 예상대로 분타가 전멸하자 천존마성은 즉시 쳐들어오지 못하고 신중한 움직임을 보였다.

사공일은 이런 조용함이 최소 오 일에서 칠 일은 갈 것이라고 판단했다. 그렇게 계획은 순조롭게 진행이 되고 있는 듯했다.

 하지만 오 일이 지나면서 뭔가 잘못되었음을 느끼기 시작했다. 이틀 전에 도착해 천존마성의 무력단이 지날 길목을 먼저 선점하고 기습을 할 준비를 해야 하는데 오지를 않았기 때문이었다.

 만약 천존마성에 무력단을 보냈다면 모든 계획은 그대로 수포로 돌아갈 것이 분명했다.

 그는 여러 차례 전서구를 보냈지만 이상하게 답이 오지를 않았다. 이런 적이 한 번도 없었던 터라 불안감은 더욱 컸다.

 불행 중 다행이랄까……

 천존마성에서는 왜구들이 들어오기로 한 날까지 아무도 내보내지를 않았다.

 왜구들이 오늘 들어와야 하는 가장 중요한 이유는 봉물선이 들어오는 날이기 때문이었다.

 "아직 아무 연락이 없느냐?"

 "왜구들은 항구로 들어왔다는 전갈을 보냈습니다. 아마 지금쯤 물건들은 모두 배에 싣고 있을 것입니다."

 "도대체 삼가에서는 왜 연락이 없는 거냐?"

 "발 빠른 아이로 골라 삼가로 보냈습니다. 지금쯤이면 아마 도착했을 것이니 곧 연락을 주실 것입니다."

전서구를 계속 보냈지만 답도 없고 보내기로 한 무력단도 도착하지를 않자 사공일은 예외적으로 직접 사람을 보냈다.

대무신가의 지가는 허락을 받기 전에는 절대로 먼저 가면 안 되는 규율이 있었다. 혹시라도 미행하는 자들이 있을 수 있기 때문이었다.

"이상해…… 정말 이상해……."

이런 일이 한 번이라도 있었다면 노파심이겠거니 하고 넘길 수도 있었다.

하나 그가 이곳에 자리 잡은지 이미 삼십 년, 길다면 매우 긴 시간 동안 이렇게 연락이 안 된 적은 처음이었다. 심지어 지금은 아주 중요한 계획을 실행하고 있는 상황이었다. 그런데 연락이 뚝 끊긴다는 것은 그로서는 이해할 수 없었다.

사실 삼가에 변고가 생겼다고 가정한다면 이해 못 할 일도 아니었다. 하지만 그에게 삼가에 무슨 일이 벌어진다는 것은 있을 수 없는 일이라는 믿음이 있었다.

"점주님, 안재환입니다."

순간 사공일의 표정이 굳어졌다.

안재환은 사공일의 최측근 호위 대장이었지만 중요한 일이 생기면 외부의 일도 도맡아하는 자였다.

지금도 그는 홍항 포구의 상황을 살피는 수하들을 지휘하고 있었다. 그런 그가 왜 이렇게 빨리 돌아온단 말인가······

"들어와라!"

"예!"

안으로 들어선 안재환의 얼굴은 사색이 되어 있었다. 뭔가 일이 틀어져도 되게 틀어진 것이 분명했다.

"무슨 일이 벌어진 것이냐?"

"창룡이 홍항포구에 나타났습니다."

다급히 말하는 안재환의 표정을 보며 사공일은 이번 계획이 실패했음을 직감했다. 그러나 더욱 놀란 것은 뜬금없는 창룡의 등장이었다.

'서, 설마 이놈이······?'

사공일은 머릿속을 스치는 최악의 불길함에 자신도 모르게 몸을 떨었다.

순간 그는 지가와 연락이 끊어진 것이 창룡과 연관이 있을지도 모른다는 생각이 든 것이다.

사공일은 간신히 떨리는 몸을 진정시켰다. 그러나 목소리가 떨리는 것까지는 막지 못했다.

"창룡이 나타났다니 자세히 보고해 봐라."

안재환은 왜구들이 포구에 상륙하고 물건을 배에 실으

려는 순간 진무성이 나타났고 그때부터 학살이 일어났다고 보고했다.

"학살이라고?"

사공일은 학살이라는 말에 자신도 모르게 반문을 했다.

학살이란 저항도 제대로 하지 못하고 무차별적으로 가혹하게 살해당하는 것이었다.

대무신가와 동맹을 맺은 왜구들은 그냥 해적이 아니라 야마시다 군벌의 정예 무사들이었다.

당연히 무공은 동창과 맞먹을 정도로 강했고 그 지독함과 잔인함은 적이 아닌 그가 봐도 진저리칠 정도였다. 그런 그들 수백 명이 고작 한 명에게 학살을 당했다는 말이 이해가 되지 않았기 때문이었다.

"제가 보기에 그것은 분명 학살이었습니다."

안재환은 그때 장면이 눈앞에 보이는 듯 몸까지 떨 정도였다.

암기로 추정되는 뭔가를 뿌리면 한 번에 십여 명 이상이 죽어 나갔고 창을 찌르면 서너 명이 창에 꼬치처럼 꿰어 죽었다. 심지어 그 창을 휘두르면 찔러 죽은 시신들이 암기가 되어 날아가 다른 자들을 죽였으니 이건 아이와 어른의 싸움 정도가 아니었다.

포구로 올라온 이백 명이 모두 죽는 데 걸린 시간은 삼 각이 채 안 됐다. 배에서 그 장면을 본 왜구들은 도울 생각도 못 하고 급히 배를 빼 달아나려고 했었다.

하지만 진무성은 그것조차 용납치 않았다.

공중으로 떠오른 그가 두 손을 뻗자 바다에는 폭풍이 몰아쳤고 신기할 정도로 왜구의 배들만 부서지고 침몰했다.

누구 말대로 인간의 무공이 아니라 호풍환우(呼風喚雨)를 펼치는 신의 모습이었다.

천존마성의 무력단 수십 명이 쳐들어왔다 해도 이렇게 빨리 모든 상황을 종료시키지는 못했을 것이었다.

안재환은 치밀하게 준비했던 그들의 계획이 단번에 무너진 것을 직감하고는 곧장 사공일에게 달려온 것이었다.

안재환의 말을 듣던 사공일 역시 어안이 벙벙한 듯 멍한 표정으로 서 있었다.

창룡에 대해서는 그도 계속 정보를 받고 있었다. 그리고 창룡의 무공이 자신들이 상대할 수 없을 정도로 강하다는 것도 이미 인지하고 있었다.

그러나 지금 안재환에게 들은 그의 무공은 그가 알고 있던 창룡의 경지를 훨씬 뛰어넘는 수준이었다.

이런 무공을 펼칠 수 있는 자가 그가 신으로 받는 사공무경 말고 또 있다는 것이 믿어지지 않았다.

"네가 잘못 본 것은 아니겠지?"

"저만이 아니라 저와 함께 있던 수하들도 모두 보았습니다. 보태지도 빼지도 않은 제가 본 그대로 보고를 드리는 것입니다."

"삼가에서 지원(支援) 오기로 한 자들이 오지 않고 연락도 끊긴 이유도 창룡 때문임이 분명한 것 같구나."

사공일은 원통한 듯 주먹을 꽉 쥐었지만 당장 그가 할 수 있는 것은 아무것도 없었다. 이곳에 있는 수하들을 모두 동원한다 해도 개죽음이 될 것이 뻔했기 때문이었다.

그러나 그가 어찌 해야 할지 갈등할 수고를 덜어 주는 소리가 밖에서 들려오고 있었다.

그것은 처절한 비명 소리였다.

그리고 사공일과 안재환 등 방 안에 있던 자들은 모두 그 비명이 무엇을 의미하는지 직감했다.

"이, 이놈이 벌써 여기로 왔다는 말인가……."

"으아악!"

……

비명 소리는 연달아 이어졌고 점점 가까워졌다.

무기를 곧추 잡은 사공일 당장 뛰어나가려고 하자 안재환을 비롯한 수하들이 그의 앞을 막아섰다.

"점주님! 피하셔야 합니다."

"피해? 지금 다가오는 속도가 느껴지지 않느냐? 그리고 내 자식 같은 아이들이 비명을 지르고 있는데 나 보고 도망치라고? 난 그렇게 할 수 없다!"

이곳을 지키는 그의 수하들은 천존마성의 분타까지 전멸시킬 정도로 대단한 무공을 지니고 있었다.

그가 이곳을 맡은 후, 수십 년 동안 심혈을 기울여 키워 온 그의 자부심이자 자랑이었다. 그런 자식 같은 수하들이 지금 속절없이 죽어 나가는 것을 듣는 그의 마음은 찢어질 것 같았다.

"그래도 점주님은 피하셔야 합니다. 지금 상황을 총가에 알려야 하지 않겠습니까?"

"쯧! 쯧! 가기 싫다는데 왜 자꾸 가라고 그러는지 모르겠네?"

누군가의 목소리가 들리자 모두는 화들짝 놀라 소리가 난 쪽을 보았다.

피가 뚝뚝 흐르고 있는 창을 든 한 청년.

진무성이었다.

"벌써 왔다니…… 설마 모두 죽인 것이냐?"

"막지 않는 놈들은 안 죽였다. 그런데 막지 않는 놈들이 없더구나. 대무신가 놈들은 수하들을 어떻게 키웠기에 죽는 죽는 것조차 두려워하지 않는단 말이야. 확실히 배울 만한 점은 있는 것 같아."

길게 말했지만 결론은 모두 죽였다는 말이었다.

"이. 이. 이, 이놈!"

사공일의 눈은 분노에 혈안으로 변해 버렸다. 그리고 그는 수하들을 밀어 제치고 그대로 진무성을 향해 도를 내려쳤다.

"커억!"

사공일의 도는 진무성의 머리에서 겨우 한 치를 남겨놓고 멈춰 버렸다. 진무성의 창이 그의 몸을 뚫어 버렸기 때문이었다.

"점주님!"

"죽어라!"

사공일의 등을 뚫은 창끝을 본 모두는 사생결단을 하려는 듯 전력을 다해 진무성을 공격했다.

하지만 그들의 실력으로 진무성을 상대한다는 것은 애초에 불가능했다.

* * *

오정길은 그가 친구라고 생각했던 조덕술이 사실은 그

들을 죽음의 구렁텅이로 몰아갔다는 사실에 충격을 받았다.

"형님, 자책하지 마십시오. 저놈들에게 속기는 했지만 결과적으로는 우리가 원하는 것을 얻게 되지 않았습니까? 지금 사람들은 기대에 부풀어 잔치 분위기입니다."

"결과가 잘됐다 해서 내 잘못이 정당화될 수는 없다. 창룡 대협께서 적시에 나타나지 않으셨다면 우린 아마 다 죽었을 거다. 무엇보다…… 이미 왜구 놈들에게 죽은 분들의 가족들에게는 어떻게 용서를 빌어야 할지 모르겠구나."

오정길은 정말 죽고 싶을 정도로 괴로웠다.

"아우분 말씀이 맞습니다. 돌아가신 분들은 안됐지만 희생 없이 뭔가를 얻어 낸다는 것은 불가능합니다. 전 그게 자연의 섭리라고 생각합니다."

누군가의 목소리에 고개를 돌린 오정길과 모강직은 커다란 보따리를 들고 있는 진무성이 앞에 서 있자 급히 엎드리려고 했다.

하지만 그들의 몸은 무엇엔가 막힌 듯 굽힐 수가 없었다.

"여러분은 양민이고 전 무림인입니다. 제게 예를 갖출 필요 없습니다."

"대협께서 무림인이라서 이러는 것이 아니라 우리 전체를 구해 주신 은인에게 드리는 예입니다. 막지 말아 주십시오."

오정길은 간절한 눈으로 부탁했다. 고마움을 표할 수 있는 방법이 이렇게 절을 하는 것밖에 없다는 사실이 그는 아쉬울 정도였다.

진무성은 그의 눈을 보자 어쩔 수 없다는 듯 막고 있던 기운을 풀었다. 진정한 감사의 표시로 보내는 예를 너무 막는 것도 예가 아니기 때문이었다.

둘이 진무성에게 엎드리자 주위에 있던 다른 사람들도 일제히 진무성을 향해 엎드렸다.

수천 명의 사람들이 거의 동시에 엎드리는 광경은 실로 장관이었다.

그런 모습을 보던 귀수마도의 표정이 살짝 일그러졌다.

홍항은 이름 그대로 항구 도시였다. 해안을 따라 여섯 개의 포구가 있었고 그곳에서 일하는 인부들만 삼천 명에 달했다.

매일 드나드는 배의 수는 수백 척에 달했고 들어오고 나가는 물품의 액수는 실로 엄청났다. 천존마성의 일 년 예산의 반 이상이 홍항에서 나올 정도였다.

더욱이 천존마성이 처음 개파한 곳이기도 했으니 매우

뜻깊은 장소이기도 했다.

그런데 지금 홍항의 이천 명에 가까운 인부들이 적이라고 할 수 있는 진무성에게 진정 어린 마음으로 절을 하고 있는 모습을 보니 그의 마음이 얼마나 불편하겠는가……

이러다가 진짜로 홍항이 창룡에게 넘어가는 것은 아닐까 하는 불안감까지 느낄 정도였다.

왜구들을 죽이는 진무성의 모습을 본 것이 그를 불안하게 만든 가장 큰 이유였다. 귀수마도는 자신이 진무성에게 십 초 이상 버틸 수 있을까 하는 생각이 들 정도였다.

귀수마도는 수하에게 제압을 당한 채 질질 끌려오고 있는 자를 보자 신경질적으로 소리쳤다.

"그놈은 왜 끌고 와! 그냥 죽여 버리면 되지!"

"항웅방의 방주라서 혹시 필요하지는 않을까 해서 살려서 끌고 왔습니다."

질질 끌려온 자는 우상만이었다. 조덕술이 나가 버린 후 그는 고심을 하다가 우선 도망을 치기로 마음을 먹었다.

방주란 자가 수하들에게 아무 말도 하지 않고 혼자 도망을 치려고 한 것이다. 하나 천존마성의 정예들의 눈을 피할 수는 없었다.

홍항의 포구조차 빠져나가지 못하고 그는 걸리고 말았다.

그는 죽이려고 하는 무사에게 자신이 천존마성에 충성하는 항웅방의 방주라며 죽이지 말아 달라고 소리쳤다.

귀수마도는 수하의 말에 짜증스럽게 말했다.

"감히 본 성에 반기를 든 놈들이다. 필요할 일 없으니 죽여라!"

귀수마도의 말에 우상만은 깜짝 놀라 살려 달라고 소리치려고 했다. 하지만 그는 소리를 칠 수 없었다. 이미 그의 목이 잘렸기 때문이었다.

귀수마도와 그 수하들은 지금 이곳에 있는 흑도들은 모두 반기를 든 자라고 특정하고 한 명도 살려 두지 않았다. 아니 한 명만 살아남았다. 바로 조덕술이었다.

하지만 그로서는 아예 죽는 것이 천존마성으로 끌려가는 것보다 더 나았다.

그런 모습을 본 인부들은 더욱더 진무성의 주위로 가까이 다가갔다. 멀어졌다가 오해를 받고 죽을 수도 있다는 불안감 때문이었다.

[장로님, 홍항 포목거리에 가면…….]

진무성은 사공일의 본거지를 귀수마도에게 말했다.

[거기에 뭐가 있는 겁니까?]

[대무신가의 분타 같은 것이 있더군요. 그곳에 시신이 오십 구쯤 있습니다. 그들에 대한 처리를 부탁하겠습니다.

대신 그 안에 가면 최소 금자 만 냥에 달하는 재물과 매우 중요한 정보들이 있을 것입니다. 그것을 성주님께 가져가면 장로님께 큰 상을 주지 않을까 싶군요.]

시신을 처리해 달라는 말에 발끈했던 귀수마도는 이어지는 말에 금방 얼굴이 펴졌다.

[고맙습니다.]

전음을 마친 귀수마도는 대주를 불러 정리를 하라고 지시를 하고는 진무성이 말한 곳으로 세 명의 수하와 함께 달려갔다.

그리고 귀수마도의 고맙다는 말을 들은 진무성의 입가에 미소가 나타났다.

진무성에 대해 불만과 불안이 가득했던 그가 고맙다는 말을 했다는 것은 미약하나마 이익을 공유했다는 의미였다.

이제 성으로 돌아가더라도 자신의 판단보다는 양민인 인부들은 절대 건드려서는 안 된다는 진무성의 의지에 대해 잘 설명할 것이라고 판단되었기 때문이었다.

"이번 일은 여러 가지로 심각한 사안인지라 그동안 받지 못한 임금을 달라고 하기는 어려울 것입니다. 그래서 제가 이번 일을 꾸민 자의 창고에서 돈을 좀 가지고 왔습니다. 금자 오천 냥입니다. 모두 나눠 가진다면 그동안 못 받은 임금보다 더 많을 것입니다."

 진무성은 손에 들고 있던 보따리를 오정길에게 넘겼다. 그러나 오정길은 보따리를 받지 못했다. 그가 들기에는 너무 무거웠기 때문이었다.

 그러나 오히려 그만큼 무거운 것이 더욱 그를 기분 좋게 만들었다.

 "이 돈 때문에 분란이 일어나거나 분란을 일으키는 자가 있다면 돈은 모두 제가 회수해 갈 것이고 분란을 일으킨 자는 제게 죽을 것입니다. 그러니 현명하고 슬기롭게 나누도록 하십시오."

 진무성은 이런 큰돈이 떨어지면 동지들 간에도 분란이 일어날 수 있다는 것을 잘 알고 있었다. 그리고 그의 경고에 모두는 머리만 조아릴 뿐이었다.

 하지만 그들의 얼굴에는 새로운 희망이 보이고 있었다.

 그리고 이 사건을 계기로 진무성에게는 무성(武聖)이라는 명호가 따라붙었다. 물론 그것은 양민들 사이에서만 불리는 명호였지만 이립도 안 된 청년이 그것도 무림인이 양민들에게 성인(聖人)으로 불리게 된 것은 유래 없는 일임은 분명했다.

2장

군림맹 회의실.

백리령하와 곽청비 둘은 평소와 달리 심각한 대화를 나누고 있었다.

"검후께서 난감해하신다고?"

"난감해하신다기보다는 무림맹에 가까운 곳이라 무림맹의 허락없이 검각의 무인들이 들어가는 것은 오해를 살 수 있다고 생각하시는 것 같아."

대무신가의 총가를 공격하는 일은 비밀이 지켜지지 않는 순간 실패한다는 것을 그들은 알고 있었다. 당연히 무림맹에 말할 수 없었다.

"궁주님도 같은 걱정을 하시던데…… 진 형 말대로 확

실히 정파는 문제가 좀 있긴 있는 것 같아."

무림맹에 믿을 만한 분들과만 정보를 공유하고 은밀히 들어가 총가가 있는 섬을 완벽하게 포위 섬멸한다는 것이 그들의 계획이었다.

물론 설화영의 반대로 아직 확정을 짓지는 못했지만 검각과 천외천궁에 운은 떼어 놓으려 했는데 정파의 고지식한 명분이 암초로 등장한 것이다.

물론 편법은 결과가 좋아도 언젠가는 문제가 되곤 했다. 그러니 검각이나 천외천궁 같은 정파의 상징 같은 문파가 편법에 동참한다는 것 자체만으로도 큰 부담이 아닐 수 없었다.

"확답을 받아야 설 소저의 생각을 바꿀 수 있는데 어른들까지 협조를 안 해 주시네?"

"두 분을 설득하실 수 있는 분은 맹주님밖에 없는데, 이제 믿을 사람은 단목환뿐이네."

하지만 단목환 역시 전망이 밝은 것은 아니었다. 이미 두 번이나 서찰을 보냈지만 확답을 받지 못했기 때문이었다.

아무리 최고의 권위를 가진 하후광적이지만 무림맹의 근간을 이루는 장로들을 무시하고 일처리를 한다는 것이 쉬울 리 없기 때문이었다.

결국 단목환은 직접 설득을 한다며 어제 무림맹으로 떠난 터였다.

그때, 곡수연이 문을 박차며 안으로 뛰어들었다.

"너 내가 예의를 지키라고 그렇게 말했는데 허락도 받지 않고 문을 박차고 들어오다니 이게 무슨 망동이냐?"

곽청비의 질책에 곡수연은 입을 삐죽이며 말했다.

"지금 굉장한 소식이 들어왔거든요! 그럼 그냥 가요?"

"뭐? 저, 저 말하는 것 좀 봐라."

곽청비가 어이가 없다는 표정을 짓자 백리령하가 미소를 지으며 말했다.

"얼마나 굉장한 소식인지 우선 들어나 보고 혼을 내든 말든 하자고. 그래 무슨 소식인데 곡 검녀가 직접 달려온 거야?"

"맹주님께서 광동 홍항에서 굉장한 일을 벌이셨더라고요. 그런데 맹주님 총단에 계신 거 아니었어요?"

진무성이 총단을 나간 것을 아는 사람은 천의문의 수석 호법과 수석 장로 그리고 설화영을 비롯한 세 명의 친구들뿐이었다.

곡수연의 말에 백리령하와 곽청비는 서로의 얼굴을 한 번 보더니 동시에 물었다.

"홍항에서 무슨 일이 벌어졌는데?"

"난 맹주님께서 홍항에 계시다는 말에 긴가민가했는데 두 분 표정을 보니 맞긴 맞나 보네요."

"중요한 일이 있으셔서 은밀히 움직이신 것뿐이야. 무슨 소식인지 그거나 빨리 말해 봐."

"홍항에서요……."

곡수연은 그녀가 받은 정보를 그대로 전하기 시작했다. 그런데 놀랍게도 홍항에서 일어난 일을 정말 세세하게 전하고 있었다.

심지어 만겹마종과 담판을 지은 내용까지 들어 있었다.

"누가 보낸 정보인데 그렇게까지 자세한 거지?"

"그러게, 천존마성의 성주와 나눈 대화는 분명 극비였을 텐데?"

"개방에서 보낸 정본데?"

"개방에서 보내 주었다면 천하가 아는 것도 시간 문제겠네?"

"열흘 안에 모두가 알게 된다는 말이지 뭐."

대화를 나누던 백리령하가 갑자기 고개를 흔들더니 웃기 시작했다.

"호호호! 정말 못 말리는 사람이야. 일각이 여삼추일 정도로 중요한 시기에 폭동을 일으킨 포구의 일군들을 구하러 가다니…… 그 사람에게는 대무신가를 치는 일보다 그들을 구하는 일이 더 중요했던 모양이네."

"공주도 참 성격도 좋다. 지금 그게 웃음이 나올 일이야?"

"내가 왜 진 맹주님을 믿는지 알아? 바로 이런 점 때문이야. 명예나 자신의 안위보다 위기에 빠진 양민들부터 구하는 그의 이런 모습에서 절대 나쁜 사람일 수 없다는 믿음이 보인다고 할까."

지금 천하의 안위가 달린 중요한 결정을 앞둔 시기에, 정파에게는 적이라고 할 수 있는 천존마성을 곤란에 빠뜨릴 수 있는 상황임에도 죄 없는 양민들을 죽게 둘 수는 없다고 판단하고 그쪽을 먼저 달려간 진무성의 행동은 무림인들에게는 이해가 안 되는 모습이었다.

포구에서 일하는 인부들은 무림인들에게는 그저 하찮은 일군에 불과했기 때문이었다.

정파인들 역시 불쌍한 마음과 나쁜 놈들에게 괴롭힘을 당하는 사람을 구한다는 협의심으로 양민들을 돕곤 했지만 그것은 그저 동정심일 뿐 그들을 자신들과 같은 인격체로서 대우한다는 의미는 아녔다.

무림맹은 물론 구파일방이나 오대세가 같은 정파를 대표하는 세력들에게도 홍항에서의 일을 안다면 구해 줘야 한다는 생각보다는 강 건너 불구경 하듯 천존마성에서 어떻게 대처하나만 관심을 보일 것이 분명했다.

하지만 진무성은 달랐다.

중요한 일들이 산적해 있었고 실지로 대무신가의 핵심 전력인 세 곳의 지가를 제거하고 있는 와중에 양민들의 위험을 알자 무조건 그곳으로 달려간 것이었다.

삼가에서 그들의 계획을 알게 된 그의 머리에는 오로지 그들을 구해야 한다는 생각외에는 다른 생각은 전혀 끼어들지 못했다. 심지어 마노야의 생각도 발현되지 않았다.

"수연아, 맹주님은 지금 어디에 계신다고 하더냐?"

"서찰에는 적혀 있지 않았는데요? 하지만 일이 끝나자마자 홍항을 떠난 것은 분명한 것 같으니까 지금 이곳으로 달려오고 있지 않겠어요?"

"알았어. 넌 이만 가 보고 또 다른 소식이 들어오면 곧장 가지고 와라."

"걱정 마요. 맹주님 소식이면 뭐든지 당장 가지고 올게요. 그럼 문 박차고 들어온 것은 더 말하지 않는 거죠?"

"그래도 다음부터는 조심해!"

"알았어요."

곡수연은 더 이상 잔소리 듣지 않게 된 것이 좋은지 혀를 쏙 내밀더니 밖으로 나갔다.

"쟤는 정말 언제 철이 들까?"

"너도 수연이 나이 때는 크게 다르지 않았거든!"
피식!
백리령하는 웃기다는 듯 웃고는 몸을 일으켰다.
"어디 가려고?"
"맹주님께서 열심히 움직이고 계시는데 우리만 이렇게 편히 앉아서 머리만 굴려서야 되겠어? 천외천궁에 다시 서찰을 보내 봐야겠어."
백리령하가 나가자 곽청비도 일어섰다.
"그래, 나도 검후님께 다시 한번 말씀드려 봐야지."
모두가 나간 회의실은 조용했다.
역시 진무성이 있어야 회의실도 활성화가 되는 것 같았다.

* * *

홍항을 떠난 진무성은 빠른 속도로 절강으로 달렸다. 이제 어느 정도 마음의 여유를 찾은 그는 전에 풀지 못한 궁금증을 밝혀 보기 위해 내공을 조절하며 자신의 몸을 상태를 살폈다.
그리고 자신의 내공의 팔성을 넘어가면 몸이 투명해지는 현상이 일어남을 알아냈다.

일갑자 이하의 무인들에게 눈에 보이지 않는 적은 정말 대적하기 두려운 상대일 수 있었다.

그러나 초절정 고수들은 어차피 상대를 보면서 공격과 방어를 하는 것이 아니라 공기의 흐름을 비롯한 주위의 변화와 감각 그리고 소리를 더 중요시했다.

지금 그가 상대할 고수들에게 몸이 안 보이는 것은 그가 사용하는 은신술과 빠른 보법만으로도 같은 효과를 얼마든지 낼 수 있었다.

게다가 빠르게 경신술을 펼칠 때만 투명해지는 현상이 일어난다면 실용성은 전혀 없었다. 적과 싸우면서 경신술을 펼치는 경우는 도망을 칠 때뿐이기 때문이었다.

그럼에도 진무성이 이 현상에 대해 주목을 하는 것은 왜 이런 현상이 일어났는지에 대해 전혀 알 수 없기 때문이었다.

자신의 몸에서 새롭게 나타난 변화의 이유를 모른다는 것은 매우 심각한 상황을 야기할 수도 있었다.

진무성은 내공을 낮췄다.

그동안은 무리를 해 가며 달렸지만 사실 경신술을 팔성 이상의 공력으로 계속 달리는 것은 매우 위험한 행동이었다.

내공의 소모가 너무 크기 때문에 만약 그를 노리는 적

들의 공격을 받았을 때, 제대로 된 대응을 하지 못할 수도 있기 때문이었다.

내공을 낮춘 진무성은 다시 내공을 조금씩 올려가며 기의 흐름을 천천히 살피기 시작했다.

그는 지금 천극혈성마공으로 기를 운용하며 천마비행술과 천마비공술을 번갈아 가며 사용하고 있었다. 천마비행술과 천마비공술은 비슷한 듯하면서 차이점이 있었다. 천마비행술은 공중으로 부양한 후, 자신의 내공으로 공중을 차며 하늘을 날아갔다.

정파의 전설적인 무공인 능공허도와 비슷한 경신술이었다. 하지만 천마비행술은 삼갑자 이상의 내공이 없으면 흉내조차 낼 수 없을 정도로 내공의 소모가 많았다. 그래서 어느 정도 속도가 붙으면 천마비공술로 바꿨다.

천마비공술은 돛단배가 바람의 도움을 받으며 앞으로 나아가듯 바람의 도움을 받으며 달리는 경신술로 속도는 천마비행술과 큰 차이는 없지만 내공의 소모가 매우 적었다. 단점은 천마비행술로 속도를 낸 후에야 펼칠 수 있다는 것이었다.

그리고 팔성이 다시 넘는 순간 진무성은 아주 중요한 사실을 하나 감지해 냈다. 천마비행술을 펼칠 때는 투명해지는 현상이 나타나지 않지만 천마비공술을 쓰면 현상이 나타난다는 것이었다.

 비슷한 수준의 내공을 사용하고 내공을 운용하는 기본 신공도 같았다. 그럼에도 왜 천마비행술을 펼칠 때는 나타나지 않다가 천마비공술을 펼칠 때만 나타날까?

 진무성은 두 경공술을 계속 번갈아 가며 차이점을 찾기 시작했다.

 완전히 무아지경에 빠진 듯 진무성은 잠시도 쉬지 않고 하늘을 날았다.

 그렇게 얼마나 시간이 지났을까……

 낮에 시작한 연구는 밤이 지나고 다시 해가 뜰 때까지 계속 이어졌다.

 그리고 그는 어느새 광동을 벗어나 복건의 중간을 지나고 있었다. 그것은 예상 못 했던 일이었다.

 전력을 다해 달릴 때보다도 더 빠른 속도로 달려왔기 때문이었다. 게다가 사람의 눈에 띄지 않기 위해 길도 없는 산만 타고 달렸다는 것을 생각하면 경이로운 속도였다.

 쉼 없이 달리던 진무성의 모습이 천천히 땅으로 떨어져 내리기 시작했다. 그리고 드디어 땅에 내려선 그의 모습이 놀랍게도 보이지 않았다.

 투명하게 보이던 모습이 경신술을 멈추고 땅에 내려서

자마자 모습이 드러나던 저번과는 완전히 상반된 현상이었다.

순간 진무성이 내린 곳으로 예상되는 지역이 갑자기 지진이라도 난 듯 흔들리기 시작했다. 그것은 괴변의 시작이었다.

강력한 회오리바람이 불기 시작하더니 주위의 모든 것을 빨아들이기 시작했다. 아름드리나무들 수십여 구가 뿌리채 뽑혔고 심지어 집채만 한 바위가 들썩거리더니 결국 견디지 못하고 부서졌다.

아무리 강력한 바람이라고 해도 집채만 한 바위가 들리다가 부서지는 것은 듣도 보도 못한 현상이었다.

그런데 그것이 끝이 아니었다.

땅이 곳곳에서 펑펑 터지기 시작한 것이다. 그저 터진 것이 아니었다.

마치 벽력탄이라도 터진 듯 돌들은 가루로 변했고 몇 사람이 들어가도 될 정도의 구덩이 만들어지며 사방 삼장 가까이 앞이 보이지 않을 정도로 흙먼지가 덮어 버린 것이다.

하지만 흙먼지는 곧 모두 사라졌다. 회오리바람에 말려 공중으로 날아가 버렸기 때문이었다.

바위가 부서지고 나무가 뽑히고 땅이 터지는 현상은 계

속 이어졌다.

 도대체 무슨 일이 여기서 벌어지고 있는 것일까?

 순간 흔들리던 땅이 멈추고 회오리바람까지 사라지자 이번에는 어디서 시작된 것인지 알 수 없는 강력한 강기가 사방을 때리기 시작했다.

 강기의 위력은 집채만 한 바위를 부수던 바람의 위력을 한참 넘어설 정도로 강력했다.

 회오리바람의 위력에도 버티고 남아 있는 나무들이 강기에 의해 산산이 찢어졌다. 강기에 맞은 바위들은 아예 가루로 변해 버렸다.

 만약 이곳이 사람들의 발걸음이 전혀 닿지 않는 깊은 산중이 아니었다면 난리가 났었을 것이었다.

 '이런 위력이라니······.'

 스르르 사라졌던 진무성의 모습이 나타났다. 주변을 확인한 그의 입에서 경탄이 나오기까지는 오래 걸리지 않았다.

 그가 구마종과 싸웠을 때와 파천혈마와 혈투를 펼쳤던 당시에도 주위가 모두 파괴된 적이 있었다. 하지만 지금 주위의 상황은 그때와는 비교가 안 될 정도였다. 지형 자체가 변했을 정도였기 때문이었다.

 더욱이 당시는 둘 다 전력을 다해 싸웠기 때문에 그 파괴력은 엄청났었다. 하지만 지금은 혼자 벌인 일이었고 전력을 다하지도 않았다.

언제나처럼 관심이 없을 때는 떠오르지 않던 마노야의 지식은, 알아보려고 마음을 먹자 분수처럼 한꺼번에 그의 머리에 떠올랐다.

마노야는 모든 사람들이 부러워하는 모든 것을 가졌던 자였다. 마교 최고의 권력자로 평생을 남에게 지시만 하고 살았고, 몰락한 상황임에도 마교의 창고는 재물이 가득 차 있었다.

그는 학식도 뛰어났지만 음악과 그림은 물론 세상의 모든 지식에 통달한 천재 중의 천재였다.

그럼에도 그는 교주가 되지는 못했다. 바로 무공 때문이었다.

사실 그의 무공은 당시 마교에서는 최고의 고수였다. 하지만 천마신공을 팔성 이상 익힌 자만이 교주가 될 수 있다는 원칙 때문에 교주가 될 수 없었다.

마교의 다른 무공들은 노력과 그의 머리로 다 익힐 수 있었지만 천마신공만은 타고난 무재가 없으면 절대 팔성 이상 익힐 수 없었다.

모든 것을 다 가졌지만 평생을 열등감에 빠져 살았던 그는 자신의 신체를 극복할 방법을 찾기 위해 완벽하게 익히지는 못했어도 최대한 많은 무공을 섭렵했다.

거기에는 정파의 무공까지 포함이 되었다.

결국 극복할 방법을 찾아내지 못한 그는, 천마환혼이체 대법으로 자신의 신체를 아예 바꿔 버릴 생각을 했던 것이었다.

결과적으로는 그것 역시 진무성에게 무산이 되었지만 그의 머리에는 그가 연구했던 모든 방법과 여러 무공 간의 연관성과 차별점 그리고 장단점까지 모두 분석해 놓았었다.

열등감을 느끼고 연구를 한 때문에 그가 가진 무공에 대한 지식은 실로 엄청났었다.

그가 홍항의 일이 끝나자마자 곧장 북상을 한 것도 머리에 떠오른 것들을 빨리 정리하고 싶어서였다. 원래는 폐관까지 염두에 두고 달리고 있었지만, 천마비행술과 천마비공술을 번갈아 펼치면서 그 차이점에 대해 생각하던 그에게 잡히지 않던 실마리가 떠오른 것이었다.

그리고 그것을 운기에 이용하면서 자신도 모르게 무아지경 속에서 만들어 낸 것이 바로 지금 보이는 난장판이었다.

그가 찾아낸 실마리는 사실 터무니없는 것이었다. 만약 사부를 통해 체계적으로 무공을 배웠다면 찾아낼 수 없었을 수도 있을 정도였다.

천마비행술과 천마비공술은 같은 무공이라고 해도 과언이 아닐 정도로 비슷한 무공이었다. 그러니 마노야 역시 그 차이점을 찾아내지 못했다.

그리고 그는 경신술은 그다지 중요하게 여기지 않았기에 수련도 깊게 하지 않았다.

무공의 기초는 바로 수련이었다. 아무리 머리가 좋고 원리를 잘 안다 해도 수련 없이 무공은 늘지 않는다.

마노야가 자신의 신체적 결함을 고칠 방법을 연구하면서 가장 기본은 시도조차 안 했으니 그의 한계일 수도 있었다.

'자연스러움…… 아니 자연스러운 정도로는 안 돼. 내가 바로 자연이 된 거야.'

계속 내공을 사용하는 천마비행술과 바람에 몸을 의지해 날아가는 천마비공술의 차이점은 자연과 얼마나 가깝느냐였다.

그것을 느낀 진무성은 바람에 몸을 맡긴 채 아예 내공 운용을 멈춰 버렸다. 천마비공술 같이 바람의 도움을 받는 정도가 아니라 아예 바람이 되어 버린 것이었다.

그리고 정신을 차려 보니 이런 광경이 펼쳐져 있는 것이었다.

완전히 자연에 동화된 상황에서 내공을 끌어올리자, 그것이 자연의 거대한 힘으로 돌변해 이런 파괴적인 광경을 만들어 낸 것이었다.

물과 바람이 조용할 때는 인간에게 아주 중요하고 필요한 존재이지만 화가 났을 때는 모든 것을 초토화시키는 태풍이나 홍수로 변하는 것과 같은 이치였다.

어떤 무림인도 경신술을 사용하던 중 내공 운용을 멈추는 무모한 행동은 하지 않는다. 주화입마의 위험성이 있어서였다.

그런데 제대로 된 가르침을 받은 적 없는 진무성은 그냥 느낌대로 행동했고 또 다른 깨달음을 얻게 된 것이었다.

약간은 멍한 표정으로 그 자리에 우뚝 서 있던 진무성은 한팔을 들어 올리더니 한 방향을 향해 손을 펼쳤다. 그리고 부채를 부치듯 손바닥을 흔들었다.

우르르릉!

그러자 천둥소리가 들리는가 싶더니 그의 앞에 있는 아름드리나무들과 바위들이 그대로 뽑히고 부서지며 삼 장 가까이를 초토화시켜 버렸다.

아까와 같은 무아지경이 아니라 인지를 한 상황에서 목적을 가지고 벌인 행동이었다.

생사경의 최고 경지인 자연경의 완성이었다.

* * *

"아가씨, 무슨 일 있으세요?"

초선은 설화영의 표정이 좀 이상하자 불안한 표정으로 물었다.

어젯밤 늦게까지 천기를 살피던 설화영은 매우 안정된 모습으로 잠이 들었다. 그런데 오늘은 일어나서부터 표정이 무거웠다.

"아니야. 아무 일도 없어."

"그럼 또 악몽을 꾸신 거예요?"

초선은 의아한 표정으로 반문했다.

언제나 그녀의 침상 가까운 곳에서 같이 자는 그녀는 설화영이 악몽을 꿀 경우는 즉시 알 수 있었다. 하지만 어젯밤에는 어떤 조짐도 없이 편히 잤던 것으로 알고 있었기 때문이었다.

"악몽은 매일 꾸나 뭐?"

"하긴요. 요새는 어쩌다 한 번 정도 악몽을 꾸시는데 이미 며칠 전에 꾸셨으니까 벌써 꾸실 때는 아니지요. 그럼 왜 그러세요?"

"내 표정이 안 좋아?"

"모르겠어요. 근심이 있으신 것 같기도 하고 좋은 일이 있는 것 같기도 하고, 오늘처럼 아가씨의 마음이 어떤지 감을 못 잡은 적은 없는데…… 오늘은 못 잡겠어요."

"초선이 실력이 정말 많이 늘었구나. 이제 관상은 봐도 되겠다."

"제가 맞았어요?"

"그래, 지금 내가 그래. 좋기도 하고 걱정도 되고……."

"무슨 일인데요?"

"천기를 시시콜콜 얘기하면 역살을 맞는 법이다. 그러니까 내 마음이 그렇다 정도만 알고 있거라."

초선도 그 말이 무엇을 의미하는지 아는 듯 곧 수긍했다.

"제가 경솔했네요. 죄송합니다, 아가씨."

"사람의 관상은 천기는 아니지만 그래도 함부로 발설하면 안 된다. 상대가 간절히 원하거나 그만한 값어치가 있다고 판단될 때만 얘기해야 한다."

"명심하겠습니다."

"그럼 내가 생각할 것이 있으니 너는 나가 있거라."

"예."

초선이 나가자 설화영은 옆에 있는 판의 보자기를 벗

졌다. 진무성의 초상화를 그려 놓은 화판이었다.

그녀는 진무성의 얼굴을 손으로 조심스럽게 쓰다듬으며 말했다.

"상공, 축하드립니다. 하지만 적도 매우 화가 난 것 같습니다. 부디 조심하십시오."

어떤 일이 일어났는지까지는 그녀도 알 수 없었다. 하지만 진무성으로 예상되는 별에 천강성의 기운이 더욱 밝아진 것을 보았다. 진무성에게 뭔가 좋은 일이 벌어진 것이다.

다만 천살성의 기운 역시 더 강력해진 것이 마음에 걸렸지만 천강성의 기운에 눌려 있어서 크게 걱정할 정도는 아니었다.

문제는 꿈속 하늘에 나타난 혈기의 폭풍이었다.

그동안에도 하늘은 매우 불길한 징조인 혈기가 짙어지고 있었다. 그것은 나라에 큰 변란이 있거나 커다란 혈겁이 벌어질 징조를 뜻했다.

그러나 짙어지면서도 천천히 퍼져 나가던 혈기가 마치 태풍이라도 불 듯 하늘을 휘어감으며 퍼지고 있었다. 설화영은 사공무경이 하늘을 흔들 정도로 화가 났다고 판단했다.

그리고 진짜 싸움은 이제부터라는 생각에 근심이 그녀

를 짓눌렀다.

* * *

"삼가가 모두 보고가 없다고?"

삼가에서 언제나 보내는 정기 보고가 들어오지 않았다는 정운의 보고에 사공무경의 얼굴이 일그러졌다.

거의 표정이 변하지 않는 그였지만 미미하게 반응을 보이는 경우가 전혀 없지는 않았다. 하지만 이렇게 대놓고 얼굴이 일그러지는 것은 단연코 한 번도 없었다.

"예, 하지만 별일이야 있겠습니까?"

"창룡 그놈이 나타난 후 우리가 전혀 예상치 못했던 별의별일이 다 벌어졌다. 그런데 너는 무슨 근거로 별일이 없을 것이라고 단언하느냐?"

사공무경의 반문에 정운은 당황한 기색을 보였지만 곧 자신의 생각을 말했다. 그 역시 세 곳 전부가 보고가 없다는 말에 혹시나 하는 불안에 여러 가지 경우의 수를 그려 보았지만 삼가에 변고가 있을 확률은 거의 없다는 판단을 내렸다.

"삼가는 총가뿐만이 아니라 서로 간에도 전서로 연락을 하고 있습니다. 무슨 변고가 발생했다면 즉각 연락을 하여 대비를 했을 것입니다. 물론 총가에도 즉시 보고를 올렸을 것입니다. 무엇보다, 근본적으로 삼가를 칠 수 있는 세력의 움직임이 없었습니다."

"삼가를 칠 수 있는 세력은 어디를 말하는 것이냐?"

"무림맹과 천존마성 그리고 암흑무림 세 곳을 말합니다. 은밀하게 움직였을 수도 있지만 그럴 경우 세 곳에 심어 둔 간세들에게서 분명 연락이 왔을 것입니다."

"천의문은 왜 빼느냐?"

"천의문의 전력이 상당한 것은 알지만 삼가를 칠 수 있을 정도는 아니라는 분석이 있었습니다."

"그런 상식적인 판단으로 분석을 하면 안 된다고 내가 말하지 않았느냐? 천의문은 창룡 그 한 놈만으로도 다른 세 곳의 전력과 맞먹는다고 봐야 하지 않겠느냐?"

"저도 그럴 경우를 생각해 보았습니다. 하지만 막간산에 있는 첩자들의 보고에 따르면 창룡은 천의문 총단에서 나온 적이 없다고 했습니다. 물론 며칠 전에 홍항에서 나타났다는 소문이 있긴 하지만, 혼자 삼가 전체를 상대하기에는 시간이 모자랍니다."

삼가의 거리는 모두 만 리 이상 떨어져 있었다. 다른 세력과 연계를 하지 않고 혼자 모두를 제거한다는 것은 불가능하다는 것이 정운의 판단이었다.

"쯧! 쯧! 바보 같은 놈들! 내가 삼가를 없앤다면 열흘 안에 가능하다. 그렇다면 창룡은 그렇게 못한다고 어찌 장담할 것이냐?"

"그, 그거야…… 아무리 창룡이 대단하다고는 하지만 어찌 감히 가주님과 비교할 수 있겠습니까?"

"이제부터 모든 계획과 분석을 할 때 창룡의 능력이 나와 비슷하다는 전재를 깔고 해라."

"그의 무공이 일취월장하고 있는 것은 알고 있습니다. 하지만 가주님과 비교하기에는 아직 멀었습니다."

"상식적이라면 그렇겠지. 하지만 그놈은 이미 상식을 벗어난 행보를 보이고 있다."

사공무경은 어젯밤 본 천기가 마음에 쓰였다. 천마성(天魔星)을 막을 수 있다는 천강성의 기운이 갑자기 확 밝아진 것을 보았기 때문이었다.

사공무경의 말에 모두는 감히 입을 열지 못하고 있었다. 그들의 신이 창룡을 신과 능력이 비슷하다고 직접 언급했기 때문이었다.

사공무경은 모두를 보며 물었다.

"삼가의 위치를 누가 알고 있느냐?"

그러자 사공무일과 사공무천 단둘만이 손을 들었다.

"여기에 삼가의 위치를 아는 애들이 무천과 무일뿐이

다. 정운 너 역시 삼가의 위치는 알지 못하고 있다. 그렇다면 삼가를 공격하는 것보다 위치를 찾아내는 것이 더 어려워야 한다. 그런데 겨우 열흘 사이에 삼가가 모두 변을 당했다면 그놈은 삼가의 위치를 이미 알고 공격을 했다고 보아야 한다."

"그것 역시 삼가가 변을 당하지 않았다고 판단한 근거 중 하나입니다."

"틀렸다. 삼가의 위치를 알고 있는 아이가 하나 더 있다."

순간 모두의 뇌리에 한 사람이 떠올랐다.

3장

사공무혈.

천의문의 공격을 지휘했지만 이후 행방이 사라져 버린 그가 모두의 머릿속에 떠올랐다.

정황상 천의문 총단 안에서 변을 당했을 것으로 짐작은 됐지만 사공무혈의 무공에 대해 아는 모두는 그가 큰 부상을 당하고 지금 어딘가에 숨어서 상처를 치료하고 있을지도 모른다는 한 가닥 희망의 끈을 놓지 않고 있었다.

"수석사자님께서 알고 계시지만 쉽게 말하실 분이 아닙니다."

"그렇겠지. 무혈이는 고문이나 죽음 따위를 두려워하는 아이가 아니니까. 그런데 너희는 창룡이 마교의 무공에 통달했다는 것을 알고 있느냐?"

"마교의 무공과 너무 흡사하다는 보고는 계속 받고 있습니다. 하지만 우리가 아는 무공과 비슷하기는 하지만 여러 가지 다른 점도 있다고 합니다."

"지금 너희가 익힌 것은 그동안 계속 발전한 결과이고 창룡 그놈이 익힌 것은 육백 년 전의 무공이니 약간의 차이점은 있겠지."

모두는 어리둥절한 표정으로 사공무경을 쳐다보았다.

처음으로 사공무경이 창룡을 마교도라고 확정을 해 주었다는 것은 모두를 놀라게 할 일이었다. 그러나 그가 사용하는 무공이 육백 년 전의 마교 무공이라는 말은 그들을 어리둥절하게 만들기에 충분했기 때문이었다.

"육백 년 전의 무공이라면, 창룡이 육백 년 전에 유출된 마교의 비전을 얻어 내기라도 한 것입니까?"

"그게 아니다. 아직은 너희들에게 자세하게 말해 줄 수는 없다. 분명한 사실은 그놈은 그놈이 아닐 수도 있다는 것이다."

그놈이 그놈이 아닐 수도 있다……?

또다시 이해할 수 없는 말에 모두는 더욱 의문에 빠져들었지만 사공무경의 말이기에 더 이상 묻지 못했다.

정운이 조심스럽게 물었다.

"창룡이 마교의 무공을 안다 해도 수석사자님께서 어떤 정보도 말하지는 않으셨을 것입니다."

"마교에는 상대의 입을 열게 할 수 있는 아주 강력한 수법이 있다. 만약 창룡이 섭혼제령술까지 알고 있다면 가능성이 전혀 없는 것은 아니다."

"사공무혈의 경지라면 섭혼제령술도 통하지 않을 것입니다."

사공무천은 사공무혈의 무공 수준에 대해 아주 잘 알고 있었다. 그의 상식으로 그런 무공의 소유자가 섭혼술 따위에 당할 수는 없었다.

"미욱한 놈! 방금 내가 한 얘기를 어디로 들은 것이냐? 내가 할 수 있는 것은 그놈도 모두 할 수 있다는 가정하에 예측을 하라고 했다."

사공무경의 말에 모두의 표정이 돌덩이처럼 굳어졌.

진짜 사공무혈이 섭혼제령술에 알고 있는 비밀들을 모두 말했다면 창룡을 만나는 것은 모두에게 너무 위험한 일이 될 수도 있기 때문이었다.

"만약 그렇게 예측을 한다면 본가의 누구도 안심할 수 없을 것입니다. 그리고 그래서 창룡이 삼가의 위치를 알아냈다면 총가 역시 알고 있을지도 모른다는 추측이 가능해집니다."

정운의 말에 사공무경의 고개를 끄덕여졌다.

"추측이 아니라 분명 그놈은 총가에 대해 알았을 것이다."

"그렇다면 삼가에 이상이 있다는 것을 저희가 알기 전에 총가를 공격하는 것이 상식이 아닐까요?"

"맞습니다. 정황상 삼 지가가 마지막으로 당했다고 보입니다. 그런데 창룡은 천존마성에 들른 것을 필두로 홍항 포구에서 왜구들을 전멸시켰고 본가의 홍항 분타 제자들을 모두 죽였습니다. 거기다 무려 이틀이나 더 머물면서 천존마성에게 인부들의 안전을 약속받고 밀린 봉급까지 모두 지급하는 것을 보았습니다. 그 와중에 인부들의 원성을 받고 있던 포구 감독들까지 모두 바꿔 버렸다고 합니다."

잠시 말을 멈춘 그가 이어 입을 열었다.

"만약 본가를 칠 생각이었다면 일각이 여삼추일 텐데 포구의 인부들을 위해 그렇게 시간을 허비했다는 것이 솔직히 이해가 안 됩니다."

"……그래 네 말이 맞다. 본가를 칠 생각으로 삼가를 먼저 친 것이라면 지금쯤 총가 근처를 이중 삼중으로 포위를 하고 있어야 하는데 그놈은 포구의 일꾼들을 구한답시고 그 귀중한 시간을 며칠씩이나 허비했다. 더구나 그동안 벌인 일이 내가 생각했던 것과 너무 동 떨어졌단 말이야…… 그동안은 천하를 속이고 있다고 생각했는데 점점 하는 짓이 가관이다. 더 이상은 그대로 둘 수 없다는 판단이다."

"그게 무슨 말인지 잘 모르겠습니다."

사공무일은 점점 미궁에 빠지는 듯한 느낌에 조심스럽게 다시 물었다.

"그놈은 뼈속까지 마교도인 놈이어야 했다. 지금 벌이는 일들도 모두 마교의 목적을 이루기 위한 계획의 일환이라고 생각했다."

사공무경은 마노야에 대해 알고 난 이후, 어떤 방법으로 창룡을 그렇게 강하게 만들 수 있을까를 여러 각도로 연구를 했었다.

천하에 모르는 것이 없고 경험하지 않은 것이 없으며 시도하지 않은 것도 없는 무불통지인 그조차도 누군가를 그렇게 빨리 무공을 증진시키는 방법은 찾을 수 없었다.

아무리 그라 해도 만년천지음양과를 알지 못하는 상황에서 진무성의 상황을 전부 파악하기는 힘들었다.

그때 그는 천마환혼이체대법을 생각해 냈다. 만약 천고의 무재의 몸에 천재 중의 천재였던 마노야가 들어갔다면 이해할 수 없을 정도로 빠른 무공의 발전이 가능할 수도 있다는 생각이 든 것이다.

결국 그는 지금 진무성이 사실은 마노야라는 확신을 하게 되었다.

진무성이 정파인 척을 하고는 있지만 그동안 벌인 짓들을 보면 사파나 마도라고 보아도 무방할 정도로 잔인했었다. 바로 그 점도 그가 그렇게 판단하는 데 매우 주요한 단서로 쓰였다.

그가 진무성을 보호하라고 한 이유도 자신만이 아는 매우 중요한 이유가 있었지만 그의 확신이 이유 중 하나인 것은 사실이었다.

그리고 그는 진무성의 명성이 충분히 높아질 만큼 높아지면 결국 마각을 드러낼 것이라고 판단을 했었다. 그러나 점점 이해할 수 없는 행동이 자꾸 나타났다.

거기다 실지로 진무성은 정파의 전력을 약화시킬 수 있는 많은 기회를 그냥 두고 자신이 앞장서서 대무신가를 공격하고 있었다.

그것은 마노야가 할 행동이 절대 아니었다.

더욱이 이번 홍항 같은 경우는 그가 보아도 연극이 아니라 그저 진짜 양민인 인부들을 구하기 위해 한 행동이었다.

그로서는 진무성을 통해 천하에 혼란을 만들려는 계획

을 포기할 수밖에 없었다. 아직 확실한 증거는 없지만 삼가에 문제가 생겼고 그것이 진무성의 짓이라면 아무리 그라 해도 용납할 수 있는 한계를 넘어선 것이었기 때문이었다.

특히 그의 심기를 건드린 것은 그의 무공이 강해지는 속도가 그의 예상을 너무 웃돈다는 사실이었다.

너무 강해져도 그가 궁극적으로 그에게 하려는 계획에 차질이 생길 수도 있었다.

"창룡이 마교도이냐 아니냐는 더 이상 중요하지 않습니다. 그놈이 본가를 목표로 삼은 것이 진심이라는 정황이 점점 많아지고 있습니다. 이대로 간다면 본가의 백 년 대업이 이대로 무너질 것 같습니다."

"사공무혈에게 정보를 얻었다면 본가의 실질적인 무력은 지가에 있고 총가는 비어 있다고 알고 있을 것이다. 만약 본가를 공격한다면 그 주축은 아마도 무림맹이 될 것이다. 사공무천은 정운과 함께 우리를 공격하는 놈들을 한 명도 살려 주지 않을 방책을 만들어라."

"알겠습니다."

"사공무일."

"예, 가주님."

"초인동의 초인들을 모두 깨워라. 본가를 공격한 놈들

이 도망을 치면 초인들에게 무림맹 총단을 공격하도록 해라. 이번 기회에 무림맹을 완전히 지워 버린다."

"존명!"

"사공치열."

"예!"

"창룡이 나타나면 아마 내가 있는 이곳으로 곧장 올 것이다. 그놈의 앞을 아무도 막지 못하게 해라. 그놈은 내가 직접 상대할 것이다."

사공무경의 말에 모두는 그 앞에 부복을 하며 소리쳤다.

"존명!"

사공무경이 직접 나서겠다고 해서인지 그들의 목소리는 매우 자신 있고 힘찼다.

설화영의 염려대로 사공무경은 단목환 등의 계획을 이미 감지하고 역공을 준비하기 시작했다.

* * *

"오셨습니까?"

진무성이 방 안으로 들어서자 설화영은 공손히 절을 하고는 그의 외투를 받아 들었다.

"내가 이러지 말라고 했잖아?"

"상공은 제게는 지아비입니다. 부부간에도 예의를 지키지 않으면 관계가 흐트러질 수 있습니다."

"그래도 이렇게 오랜만에 보면 먼저 품에 안기고 반가워하는 것이 난 더 좋은데?"

진무성의 말에 설화영은 다소곳이 미소를 짓고는 그의 품에 살짝 안겼다.

"정말 많이 보고 싶었습니다."

"나도."

"그런데 다른 분들은 오신 것을 아시나요?"

"내가 영 매 보고 싶어서 곧장 이곳으로 와서 내가 온 것은 아무도 모를걸?"

"그럼 빨리 군림맹부터 가 보세요. 부맹주님들 께서 목이 빠져라 상공을 기다리고 있습니다."

"단목환은 어디 갔어?"

"대무신가 총가의 공격을 하는데 무림맹에서 소극적으로 받아들이는 모양입니다. 그래서 설득하신다고 무림맹에 가셨습니다."

"이미 때가 늦어서 계획을 다시 짜야 하는데 뭐하러 갔대."

진무성은 자신이 홍항에서 시간을 보낸 바람에 모든 계획이 수포로 돌아갔고 새로이 계획을 세워야 한다고 이미 판단을 한 것 같았다.

"사공무경은 저희가 총가를 칠 것이라는 걸 이미 눈치챘을 겁니다."

"그자의 능력이라면 당연히 눈치채고 역으로 우릴 전멸시킬 계획을 세우고 있을걸?"

"상공은 어쩌실 생각이세요?"

"사공무혈의 말에 따르면 거대한 진이 총가가 있는 섬을 둘러싸고 있어서 바로 옆에 가도 그 섬을 발견하지 못할 거라고 했어. 하지만 어디 지역인지는 아니까 우리가 들어갈 필요 없이 그들이 오가는 것만 지켜볼 생각이야. 아무리 신 같은 자라 해도 먹지 않고는 못 배길 테니까 분명 부식을 실어나르는 배가 있을 거야. 그리고 단목환 말이 무림맹에 아주 희한한 재주를 가지신 분이 있다고 하더라고."

"누구요?"

"만수제군이라는 분인데 모든 동물들을 수족 같이 부리긴다고 하더라고. 총가에서 어딘가 연락을 한다면 아마도 전서구일 거야. 그분께 부탁해서 그 지역으로 들어가고 나오는 모든 새들을 잡아 달라고 할 생각이야."

"눈과 귀를 먼저 차단하겠다는 거네요?"

"지금까지 들은 모든 정보를 취합하면 사공무경이라는

자는 누구도 당할 수 없는 무공을 지녔어. 그들이 과장을 했을 수도 있겠지만 난 실제로 그렇다고 봐. 그래서 우리가 먼저 그를 찾아가는 것은 하책이라고 생각해."

"소첩의 생각과 같네요. 하지만 부맹주님들 께서는 사공무경이란 자가 얼마나 무섭고 위험한 자인지를 모르세요. 그렇다고 본 적도 없으면서 그냥 꿈으로 알았다고 하는 것도 믿음을 주기는 어려울 것 같았습니다."

"하긴, 영 매니까 나도 믿었지 다른 사람이 예지를 한다고 하면 아마 믿기 힘들었을 거야."

"다행히 그분들은 제 말까지는 못 믿어도 상공께서 말씀하시면 받아들이실겁니다."

"알았어. 당연히 실패할 것이 뻔히 보이는 계획을 밀고 나갈 수는 없으니까."

"그런데 좋은 일이 있으셨던 것 같은데 맞나요?"

"역시 영 매는 나에 대해 모든 것을 아는 것 같아."

진무성은 경탄성을 발하고는 오는 동안 있었던 새로운 깨달음에 대해 말해 주었다.

그리고 그 말을 듣는 설화영도 마치 자신에게 일어난 것처럼 기뻐했다.

"또 한 단계 증진하신 것에 대해 경하드립니다."

"얼마나 더 강해졌는지 확실한 것은 나도 몰라. 분명한 것은 마노야의 지식과 만년천지음양과의 효과가 이런 놀라운 결과를 계속 만들어 주는 것은 아닌가 싶어."

"상공 말씀대로 그 덕이 클 것입니다. 하지만 그것도 상공이시기 때문에 가능했다고 봅니다."

"그건 영 매가 나를 너무 높게 평가해 주는 것 같은데?"

"아닙니다. 상공이 아닌 다른 사람이었으면 마노야란 자에게 오히려 당했을 것입니다. 만년천지음양과는 제가 잘 모르지만 영물은 주인을 만나야 그 효과가 증대된다고 했습니다. 전 상공께서 바로 그 주인이기에 이런 효과를 냈다고 생각합니다. 그리고 사공무경이란 인간의 경지를 넘어선 자가 천하를 혈겁에 몰아넣으려고 하는 지금 상공께서 나타나신 것도 하늘의 뜻이 아니겠습니까?"

사공무경이 툭하면 언급하던 방해자가 바로 하늘이 아니던가……

"영 매의 말을 모두 동의하기는 어렵지만 사공무경을 상대하라고 내게 자꾸 기연이 생기는 것은 맞다는 생각이 드네."

진무성도 이번 새로운 깨달음을 얻으면서 설화영과 비슷한 생각을 했었다.

하늘이 자신에게 뭔가 바라는 것이 있지 않다면 한 사람에게 이런 기연이 계속 된다는 것은 불합리하기 때문이었다.

"가 봐야 될 것 같아."

"왜요?"

"단목환 그 친구가 온 것 같아서. 어떤 말을 듣고 왔는지 알아 봐야 하지 않겠어?"

"제가 식사 준비는 해 놓을 것이니 충분히 의논을 하시고 저녁은 여기서 드십시오."

"알았어."

진무성은 그녀가 식사 준비를 해 놓겠다는 말이 정말 듣기 좋았다.

* * *

"맹주님께서도 난감해 하신다고?"

단목환이 직접 하후광적을 만나 부탁을 했지만 일은 잘 풀리지 않았다.

무력단을 동원하는 것은 허락할 수 있지만 장로들에게 비밀로 하는 것은 어렵다 말한 것이다.

"맹주님 말씀도 일 리가 있어서 무리하게 계속 부탁할 수도 없었다."

단목환도 난감한 듯했다. 하후광적을 설득하러 갔지만

오히려 설득을 당한 것이다.

우선 누가 간세인지조차 모르는 상태에서 누구는 믿어서 알리고 누구는 못 믿어서 숨긴다는 것 자체가 말이 안 됐다.

소외된 장로들은 아마 들고 일어날 확률이 높았다. 그것은 정파가 가장 예민하게 생각하는 체면의 문제가 걸리기 때문이었다.

대의를 위해서 그랬다는 말도 통할 수 없었다. 이번 계획에 대해 알려 준 장로들은 대의에 참여할 수 있고 우리는 참여하지 못한다는 말이냐고 반박할 것이 뻔했다.

잘못하면 비밀을 공유한 문파와 소외된 문파 간의 반목이 생겨 무림맹 자체가 깨질 위험까지 있었다.

대무신가를 없애야 한다는 목적만 생각했던 단목환도 여러 상황에 대해 듣고나자 왜 검각과 천외천궁 모두가 선뜻 허락하지 않았는지를 알 수 있었다.

"처음부터 안 될 계획이었어."

그때 모두의 귀에 익숙한 목소리가 들렸다.

거기에는 진무성이 서 있었다.

모두는 그를 보자 반가운 마음보다 놀라움이 더 컸다. 방 안에 들어섰음에도 목소리를 듣고나서야 그가 왔음을 알았기 때문이었다.

그들은 진무성에게서 뭔가 달라진 것이 있음을 직감했다.

"언제 왔어? 아무 보고도 못 받았는데?"

"방금 왔어."

"무슨 문주가 자기 문파를 숨어서 들어와?"

"숨어서 들어온 것이 아니라 그냥 급히 들어온 거야."

"설 소저 만나려고 급했나 보구나?"

백리령하와 곽청비가 번갈아 가며 추궁하듯 묻자 단목환이 안 되겠다고 느낀 듯 끼어들었다.

"자자, 고생하고 온 사람한테 왜 그래? 홍항 얘기는 들었어. 어디 다친 곳은 없고?"

"지금 이 모습이 어디 다친 사람 같아? 내가 보기에는 오히려 더 강해져 온 것 같은데? 도대체 진 형은 잠시만 안 보였다 나타나면 더 강해져 오는 것 같은데 도대체 비법이 뭐야?"

백리령하의 말에 진무성은 놀란 표정으로 반문했다.

"그게 보여?"

"그런 건 보이는 것이 아니라 느껴지는 거 아니야?"

"어떻게?"

"달라졌으니까?"

분명 진무성은 보름 전 천의문 총단을 떠날 때와 달라

져서 돌아왔다. 하지만 무엇이 달라졌느냐고 묻는다면 아무도 표현할 수는 없었다.

그녀의 말 그대로 그냥 느껴졌기 때문이었다.

"그 문제는 지금 중요하지 않아. 방금 진 형이 한 말의 의미가 뭐야?"

"우선 내가 보고 느낀 것부터 말해 줄게."

진무성은 우선 삼가에서 느낀 그들의 전력과 그곳에서 발견한 계획서 및 정보에 대해 말하기 시작했다.

그리고 듣는 모두의 표정이 경악으로 커졌다. 다른 사람이 말했다면 거짓말이라고 생각할 수도 있었고, 잘난 척을 하기 위해 부풀렸다고 생각할 수도 있을 정도로 터무니없는 얘기였지만 진무성이 말하고 있기에 그대로 믿을 수밖에 없었다.

그들이 놀란 것은 세 가지였다. 첫째 대무신가의 상상을 초월하는 전력이었다.

진무성이 없앤 한 곳만 해도 거의 구파일방과 맞먹거나 더 강력한 전력임에 분명했다. 그러나 더욱 놀란 것은 그런 곳을 한 곳도 아닌 세 곳이나 진무성 혼자서 다 없앴다는 사실이었다.

사실 그 싸움이 어땠을지 그들은 가늠조차 되지 않았다. 세 번째로 놀란 것은 진무성의 성정이었다.

한 곳만 따져도 대략 오백 명 전후, 세 곳을 합치면 무려 천오백 명이었다. 거기다 그가 홍항에서 죽인 왜구의 숫자가 오백에 가깝다는 소문은 이미 다 아는 사실이었다.

보름 남짓한 시간 동안 무려 이천 명에 달하는 사람들을 죽인 것이 아닌가……

물론 대무신가나 왜구는 죽어 마땅한 악질들이라는 것은 그들도 알고 있었다. 그러나 이천 명은 천하가 인정한 살인마들이 평생 동안 죽인 수보다 더 많았다.

심지어 그동안 진무성이 죽인 자들까지 합친다면 진무성 자체가 혈겁이라고 할 수 있는 수준이었다.

잠시 침묵이 흘렀다. 그리고 다시 침묵을 깬 것은 백리령하였다.

"이번 일은 우리만 아는 비밀로 하자."

"왜? 내가 너무 많은 사람을 죽여서?"

진무성은 금방 그녀의 의도를 눈치챈 듯 반문했다.

"그렇다기보다……."

"정파에서 내가 너무 잔인한 행동을 한다고 말이 많은 것은 안다. 그런데 자파의 제자가 죽으면 절대 참지 않으시던데? 얼마 전 정파 여러 곳이 멸문을 당했다. 죽은 사람들은 천여 명에 달한다고 안다. 여럿이 합세해서 죽이면 괜찮고 혼자서 죽이면 잔인하다고 하는 것은 잣대가 너무 자의적인 거 아닐까? 모든 것은 상대적인 거다. 내가 그들을 죽이지 않았다면 그들은 정파의 제자들을 죽일 게다. 그렇다면 나보고 잔인하다고 하기 전에 고마워하는 것이 먼저라고 생각한다."

"그래도 너무 많은 살상은 지금 진 형의 위치로 보아 좋을 것이 없다. 이제 조금은 너그러워지는 것이 좋지 않겠어?"

"내가 그랬지? 마교에게는 마교의 방식으로 사파에게는 사파의 방식으로! 나쁜 놈들은 하고 싶은 대로 나쁜 짓을 하는데 왜 그들을 살려 두어야 하는 거지? 그들 한 명을 죽이면 약한 양민 수십 명이 편해지는데? 그리고 내 위치가 뭔데? 난 한 번도 내 위치나 명성을 생각하면서 행동한 적이 없다. 만약 명성에 누가 될 것을 걱정해서 하고자 하는 일을 회피한다면 그거야말로 위선이 아니겠어?"

진무성의 말에 모두는 작게 한숨을 내쉬었다.

무공은 점점 강해져 가는 것 같은데 나쁜 짓을 한 자는 그에 합당한 죄를 물어야 한다는 그의 신조는 조금도 달라지지 않아서였다.

단목환이 다시 화제를 바꿨다.

"아까 말한 것이나 얘기하자. 진 형 설명은 다 들었는데 우리의 계획이 애초부터 잘못됐다는 말이 무슨 의미야?"

"대무신가의 총가를 직접 공격하는 것은 가장 하책이라는 말이다."

"그럼 그들의 총가가 무림맹 옆에 버젓이 존재하고 있는 것을 알면서 그냥 두고 보자는 거야?"

"두고 보는 것이 아니라 감시를 하면서 조금씩 죄어 나가는 거지."

"좀 자세히 말해 봐라."

곽청비가 답답하다는 듯 재촉했다.

"대무신가는 고수들이 너무 많다. 하지만 내 판단에 의하면 대무신가가 문제가 아니라 사공무경이라는 가주가 문제다. 대무신가 전체를 없앤다 해도 그가 살아 있다면 대무신가건 마교건 그냥 멀쩡한 것이나 다름없다는 말이다."

"설 소저도 자꾸 사공무경이란 자에 대해 걱정을 하던데 한 번 만나 본 적도 없는 그자를 왜 그렇게 경계하는 것인지 이해가 안 된다. 우리에게 아직 숨기고 있는 것이 있지?"

백리령하의 말에 진무성은 잠시 생각하더니 어쩔 수 없

다는 듯 말했다.

"지금부터 하는 얘기를 너희가 믿건 안 믿건 상관은 없다. 하지만 나는 믿는다는 사실만은 알고 들어라."

뭔가 아주 중요한 얘기가 나올 것 같은 진무성의 말에 모두는 긴장한 표정으로 그를 주시했다.

"설 군사는……."

진무성은 설화영이 겪은 일들과 자신과 그녀가 만난 인연 등 마치 소설책에서나 나올 것 같은 얘기를 펼치기 시작했다.

특히 그가 강조한 것은 그녀의 예지가 그동안 얼마나 정확하게 맞았는지였다. 그리고 지금도 매일 천기를 보며 세상 돌아가는 상황을 계속 예의주시하고 있다는 말도 덧붙였다.

진무성의 얘기는 상당히 길었다. 그만큼 설화영과 그간에 쌓인 사연도 많다는 것을 알 수 있었다.

그리고 모든 얘기가 끝나자 모두의 표정에는 신비한 얘기에 심취한 사람의 흥분과 착잡 그리고 미묘한 의문이 동시에 떠오르고 있었다.

솔직히 진무성이 말 시작 전에 자신은 믿는다고 확실한 언질을 주지 않았다면 벌써 부정적인 질문이 몇 번은 나왔을 상황이었다.

"설 소저의 능력도 사실 믿기 어려운데 사공무경이란 자는 설 소저보다 더 큰 능력을 가지고 있다는 말이네?"

"설 군사는 그렇게 판단하고 있다."

"그런 놀라운 예지 능력이 있다면 진 형이 무슨 짓을 벌일지도 알 거 아니야? 그런데 왜 지금까지 진 형의 행동을 막지 못하고 계속 당한 거지?"

"설 군사도 그게 의문이었는지 두 가지 추측을 했어. 첫째 설 군사는 나에 대해서는 전혀 예지를 할 수 없다고 했어. 심지어 나와 연관된 것은 전부 볼 수가 없다고 하더라. 그래서 사공무경 역시 같은 현상을 겪고 있는 것은 아닌가 하더군."

"예지 능력이 진 형에게만 통하지 않는다니 그것도 참 신기한 현상이네?"

"진 형이 하늘이 내린 인물이라는 의미 아니겠어?"

"그런 검증되지 않은 말을 하지 마라. 난 지금까지 내가 하늘이 내린 인물이라는 생각은 해 본 적도 없어."

"미래를 보고 천기를 통해 예언을 한다는 말도 검증되지 않은 말인 것은 똑같거든!"

곽청비의 반박에 진무성은 재 반박을 했다.

"그녀의 예지가 얼마나 정확한지는 내가 직접 경험을 했으니 검증이 되었다고 생각한다."

"두 가지 추측이라고 했는데 또 하나는 뭐야?"

"내가 한 행동까지도 사공무경의 계산 속에 들어 있지는 않을까 하는 거다. 한 마디로 나 역시 그의 꼭두각시 역할을 하고 있다는 거지."

"두 번째보다는 첫 번째가 맞는 것으로 하는 게 심적으로 편하겠네."

백리령하의 말에 진무성은 미소를 지으며 말했다.

"백리 형 말대로 나도 내가 그자의 꼭두각시는 아니라고 본다."

"그러면…… 설 소저에게 이번 대무신가의 공격에 대해 어떤 예지가 나오는지 알아봐 달라고 하면 안 될까?"

"방금 못 들었어? 진 형이 연관이 되면 예지가 안 된다고?"

"들었어. 하지만 진 형의 개인적인 연관은 그 범주에 들어가지만 총가의 공격 같은 대규모적인 일까지 진 형 개인과 연관을 짓기는 어렵지 않겠어?"

"사공무경이란 자도 설 소저와 같은 상황이라면 오히려 예지를 못하는 것이 더 나을 것 같은데? 진 형이 직접 같이 움직이면 그자가 총가를 우리가 공격하려고 한다는 것을 예지하지 못한다는 말 아니야?"

설왕설래하는 그들의 말에 종지부를 찍는 말이 진무성

에게서 나오기 시작했다.

"그자는 예지만 하는 것이 아니라 그 자체가 천하제일의 책사라고 한다. 예지를 하지 않더라도 모르는 것이 없다는 거야. 당연히 우리가 생각하는 것은 그자도 다 생각하고 있을 거란 추론이 가능하지 않겠어?"

"예지를 하건 천하제일의 책사건 사실 칼자루를 쥔 쪽은 우리잖아? 그들의 가장 큰 전력인 세 곳을 진 형이 없앤 이상 총가는 완전 무방비일 텐데 왜 공격을 못한다는 거야?"

"사공무경 그자는 무공도 천하제일이라고 한다. 설 군사는 내가 지금 그자를 만난다면 필패라고 하더라. 필패는 죽음을 의미한다는 거 다 알지?"

마지막 말에 모두의 입이 벌어졌다.

황당무계(荒唐無稽)라는 말이 있다.

지금 진무성의 말이 딱 그랬다.

미래를 보고 천기를 읽으며 세상에 모르는 것이 없는 만박통지에 천하제일의 책사인데 진무성조차 당할 수 없는 절대 고수라니……

세상에 그런 인간이 존재할 수 있다는 것 자체가 황당무계하다는 생각이 들 정도였다.

"진 형은 정말 그런 사람이 존재할 수 있다고 생각해?"

단목환의 말에 백리령하가 다시 말을 이어 갔다.
"솔직히 말해서 진 형 자체도 믿기 어려운 신기한 사람인데 사공무경이란 자는 진 형을 능가한다는 건데 난 진짜 이 말만은 믿기 어렵다."
그들의 뇌리에 사공무경이란 이름이 공포의 존재로 서서히 각인되는 순간이었다.

4장

 진무성도 그들의 느끼는 혼란에 대해 이해가 되는지 잠시 그들이 안정될 시간을 주었다.
 단목환이 입을 연 것은 반 각이나 지나서였다.
 "진 형, 사공무경이란 자에 대해 알게 된 것이 얼마나 됐어?"
 "대무신가의 가주란 자에게 알기 시작하게 것은 거의 일 년 전이야. 그의 이름을 알게 된 것은 서너 달쯤 됐고. 그자에 대한 정확한 정보를 입수하고 분석이 끝난 것은 한 달쯤 됐다고 봐야지."
 "한 달 전에 분석이 끝났으면 이미 우리에게 말해 줬어야 하잖아?"

"너무 터무니없다는 생각이 들어서 확신을 가질 보강 자료가 필요했다. 그리고 이번에 세 곳의 지가를 없애면서 이제 말할 때가 됐다고 생각한 거야."

"먼저 얘기해서 같이 분석했으면 더 좋았잖아? 우리에게 알리지 않고 혼자만 알고 있는 또 다른 정보가 있으면 지금 얘기해. 만약 이번에도 말하지 않고 있다가 분석하느라 늦었다면 뒤늦게 말하는 것은 친구로서 더 이상은 용납할 수 없다."

"맞아! 진 형이 우리를 진정으로 친구라고 생각한다면 이럴 수는 없다."

"사공무경이란 자에 대해 알고 난 후, 난 한시도 편한 날이 없었다. 모든 면에서 나보다 우위인 자를 어떻게 잡아야 할지 계속 고민했다."

"그러니까! 친구를 두고 왜 그런 고민을 혼자 하느냐는 거다."

"일찍 알아 봐야 너희도 마찬가지로 잠 못 자고 설치기나 할 텐데 굳이 빨리 알려 줄 필요는 없다고 생각했다."

"또, 우리를 위해서 그런 거냐? 진 형은 친구가 무엇인지 아직 모르는 것 같다. 친구는 보호를 받고 해 주는 존재가 아니라 싸울 때 같이 싸우고 고민할 때 같이 고민해 주는 사람이 바로 친구인 거다."

백리령하의 말에 진무성은 뭔가 가슴이 뭉클해지는 느낌이 들었다. 그리고 이들에게 매우 미안하다는 생각이 들었다.

 하지만 친구로서의 마음과 현실은 여전히 괴리가 존재했다.

 "너희는 문파에 매여 있는 몸인데, 위에서 물어도 함구한 채 비밀을 지켜 줄 자신은 있냐?"

 진무성의 말에 모두는 서로의 얼굴을 쳐다보았다. 그들은 생각하지 못했던 어려운 문제가 있었던 것이다.

 "솔직히 어르신들에게 계속 숨기는 것은 어렵다. 하지만 네가 기한을 정해 준다면 그때까지는 비밀을 지켜 준다고 약속할 수 있다."

 단목환의 말에 백리령하와 곽청비도 결심한 듯 말했다.

 "단목 형의 말이 가장 좋은 대안 같다. 언제까지 비밀을 지켜 달라고 기한을 준다면 그때까지는 비밀을 지켜 주겠다."

 "하지만 그 기한이 일 년 이상은 어렵다."

 "좋아. 그 정도면 충분하다. 그렇다면 나도 약속하마. 이제부터 새롭게 알게 되는 정보나 비밀이 생기면 너희와 꼭 공유하겠다."

 진무성의 말에 모두의 표정이 좀 풀렸다. 약속이란 단

어는 함부로 사용하는 것이 아니기 때문이었다.

그러나 뭔가 미진하다는 느낌을 떨칠 수는 없었다.

그들은 지금은 눈치를 못 챘지만, 진무성의 약속에는 교묘한 단서가 달렸기 때문이었다.

"그런데 사공무경이란 자가 아무리 대단한 자라 해도 일대일로 싸우는 것이 아닌 이상 온 무림이 힘을 합쳐 총공격을 한다면 제거할 수 있는 거 아닌가? 그들의 최고의 전력이라는 세 곳의 지가까지 없앴잖아?"

"잘 생각해 봐. 구마종 중 내게 제거된 자들은 단 세 명이야. 아직도 여섯 명의 구마종이 남아 있어. 그것도 내게 죽은 자들보다 강한 상위 마종들이 남아 있다는 것을 잊지 마."

"구마종 중 세 명만 재현해 냈을 수도 있지 않을까? 구마종 같은 고수를 다시 재현시킨다는 것이 거의 불가능에 가까운 일이잖아? 아무리 대무신가라 해도 모두를 다시 키워 내는 것은 어려웠을 거야."

"나도 구마종이 더 이상 나타나지 않아서 그럴 수도 있다는 생각을 했었다. 그러나 사공무혈은 나머지 구마종이 아직 남아 있다고 분명히 말했다. 거기다 사공무경에게는 대무신가와는 별개로 초인동이라고 하는 조직이 있는데 어쩌면 그곳이 대무신가보다 더 무서운 곳일 수도 있다고 했다."

"초인동? 도대체 사공무경이란 자는 얼마나 많은 고수들을 키워 낸 거야? 대무신가 하나만도 무림 전체가 위기를 느낄 정도인데 대무신가보다 더 무서운 조직이라니……."

"그래서 그들을 정면에서 공격하는 것은 하책이라고 한 거다."

"정면 공격을 하지 않고 은밀하게 잠입을 하면 어떨까?"

"무림맹 총단을 생각해 봐. 왜 무황도에 총단을 세웠을까? 들어오고 출동하고 하는데 매번 배를 사용해야 한다는 것은 무척 불편한데 말이야."

"적이 무림맹을 공격하는 것 역시 어렵게 하겠지."

"맞아. 더해서 적들이 은밀하게 잠입하는 것도 어렵게 할 거야. 대무신가 역시 마찬가지야. 심지어 그 주위를 특별한 진이 보호를 하고 있다고 했어. 한두 명의 고수가 잠입한다면 가능할 수도 있겠지만 그들을 공격할 정도로 많은 인원이 움직이면서 걸리지 않고 잠입하는 것은 불가능하다고 봐야겠지."

"그럼 어떻게 한다는 거야? 그냥 보고만 있으라고?"

"우리가 몰래 잠입해 공격을 하는 것은 어렵지만 함정을 파 놓고 그들이 나왔을 때 기습을 하는 것은 훨씬 쉽지."

"그들을 나오게 할 수만 있다면 그게 우리에게는 훨씬

유리하지. 그런데 어떻게 나오게 하려고?"

"여러 변수가 있어서 그것까지는 아직 확실하게 모른다."

"그럼 그들이 움직일 때까지 하염없이 기다려야 한다는 말이야?"

"하염없이 정도는 아니고 그들이 어떻게 먹거리를 해결하는지가 관건인데 부식을 창고에 쌓아 두었다면 한 달 안에는 나올 거고 만약 섬에서 자체적으로 농사를 지으며 해결하고 있다면 최소한 두 달 정도는 생각해야 할 거다."

"그렇지! 그들도 사람인 이상 먹고는 살아야 할 테니까…… 군산 주위를 조사하면 그들에게 부식을 보급하는 상인을 찾을 수 있을지도 몰라."

진무성이 어떻게 상대할지에 대한 어느 정도의 윤곽을 그려 주자마자, 현명한 그들답게 좋은 생각이 막 쏟아지기 시작했다.

우선 부식을 공급하는 상인이나 상단을 찾아내는 것을 필두로, 잡은 고기를 그 자리에서 넘겨 줄 수도 있는 어부들과 총가에서 가장 가까운 어촌들까지 대무신가에 들어가는 모든 물품을 차단하는 방안이 가장 많이 거론이 되었다.

심지어 총가가 있는 곳으로 예상되는 지역의 모든 섬들

을 조사해 그곳에 사는 사람들을 모두 소개(疏開)하자는 방안도 나왔다.

그렇게 대무신가를 압박할 여러 좋은 방책들이 나오자 진무성은 만족스러운 듯 고개를 끄덕이며 말했다.

"너희들 말대로 친구들끼리 머리를 맞대니까 나는 생각도 못했던 좋은 방책들이 막 나오네. 좋다!"

진무성의 말에 모두는 기분이 좋은지 미소로 화답했다.

"가장 중요한 것이 그들의 눈과 귀를 막는 거야. 단목 형이 그때 내게 말했었지 만수제군이라는 분이 모든 동물들을 마음대로 조종한다고?"

"그랬지. 왜 그분의 도움이 필요해?"

"그들이 다른 곳과 연락을 하려면 어떤 방식으로 할까?"

진무성의 말에 모두는 이구동성으로 답했다.

"전서구!"

"전서구밖에 없을걸?"

"만수제군 노선배님께 전서구를 잡아 달라고 하자는 말이구나?"

"맞아, 전서구야. 만수제군 노선배께서 그쪽으로 오가는 모든 새들을 잡아 낼 수 있을까?"

"글쎄, 나도 확실하게 답하기는 그렇지만 아마 가능할 것 같다."

"모든 새들을 제어하려면 아예 선상에서 계속 기거를 하셔야 할 텐데 연세도 있으신데 노선배님께서 해 주실까?"

"매우 정의로운 분이야. 대무신가를 잡기 위해서 꼭 필요한 일이라고 하면 해 주실 거다."

하나하나 대무신가를 압박할 계획이 만들어지고 회의가 끝난 것은 무려 세 시진이 넘어서였다.

모두에게는 그들이 할 수 있는 임무가 새롭게 부여되었다.

"우린 임무가 있는데 진 형은 그때까지 뭐 할 거야?"

백리령하의 질문에 진무성은 잠시 생각하더니 말했다.

"다음 회의 때까지 폐관을 좀 할 생각이다."

"폐관? 도대체 얼마나 더 강해지려고 지금 이 시기에 폐관이야?"

"그동안 내 자신의 무공에 대한 이해도가 너무 낮았어. 그래서 이번 기회에 정리를 좀 할 생각이다."

* * *

사공무경이 심혈을 기울여 키워 낸 세 곳의 지가가 모두 전멸했다는 것이 밝혀진 것은 무려 열흘이나 지나서였다.

진무성이 독이 퍼질 것을 우려해 지가로 들어가는 입구를 완전히 봉쇄를 했기 때문이었다.
"확실한 거냐?"
"입구를 완전히 봉쇄를 했습니다. 그리고 주위에 지가의 제자들을 한 명도 찾아내지 못했습니다. 일가는 완전 전멸을 한 것이 분명합니다."
　사공무경은 무표정한 얼굴로 또 다른 자를 보며 물었다.
"이가는 어떻더냐?"
"이가 역시 안으로 들어갈 수는 없었습니다. 다행히 이가는 제자들이 산 전체에 산개해 있어 살아 있는 제자들을 몇 명 만날 수 있었지만 얼마 전 산에 큰 지진이 일어나고 지가가 사라졌다는 것밖에는 아는 것이 전혀 없었습니다."
　사공무경은 지진으로 생각할 정도로 대단한 싸움이 있었음을 직감할 수 있었다.
"지진이라…… 삼가는 어떻더냐 거기도 봉쇄가 되어 있더냐?"
"예, 마찬가지였습니다. 지금 수하들이 계속 입구를 파고는 있지만 통행이 가능할 정도로 뚫기 위해서는 최소한 서너 달은 더 걸릴 것 같습니다."
"모두 철수시켜라."

"아직 정확한 상황 파악이 안 되었습니다."

"멀쩡한 지가의 입구가 모두 봉쇄가 되었다. 그것도 자의적인 것이 아니라 파괴에 의한 것이다. 그렇다면 결과는 뻔한 것인데 상황 파악할 것이 뭐가 있다는 것이냐?"

"가주님, 창룡은 일을 벌인 후, 그것을 숨기는 경우가 없었습니다. 오히려 자랑하듯이 알린 것 같은 상황도 있었을 정도입니다. 그런데 이번에는 그런 사건이 있었다는 것을 다른 사람들은 아예 인지조차 하지 못할 정도로 은밀하게 행했고 입구까지 모두 파괴해 저희들조차 들어가지 못하게 만들었습니다. 전 뭔가 숨길 것이 있어서 그런 것이 아닐까 싶습니다."

정운의 말에 사공무경은 비릿한 살소를 입에 그리며 말했다.

"그놈은 창을 주로 쓴다. 마노야가 창마종의 후예라는 것을 상기시켜 주지. 그러나 그놈은 창을 자주 쓴다는 것뿐이지 창만 쓸 줄 아는 것이 아니다. 그리고 창만으로 지가의 그 많은 제자들을 죽이기는 어렵다. 일가와 이가 그리고 삼가까지 이어지는 장정은 나도 감탄할 정도로 빠른 속도전이었다. 그놈이 뭔가 다른 무공을 사용했다는 말이다. 그리고 그 무공은 다른 무림인들이 보면 안 되는 무공일 것이 분명하겠지."

역시 사공무경은 진무성의 의도를 단박에 알아차리고 있었다.

"그건 창룡이 마교의 무공으로 그들을 죽였다는 말이겠군요?"

"그렇다. 그놈의 최고 무공은 창이 아니라 마교의 마공이다."

"마교의 마공을 익혔다면 정파에서 왜 눈치를 채지 못하는 것일까요? 특히 하후광적의 무공이면 아무리 미약한 마기라도 잡아낼 수 있을 텐데요?"

"초마지경에 들어가면 더 이상 몸에서 마기가 보이지 않는다. 그런데 그놈은 초마지경을 넘어 마선지경에 이른 것 같다. 만약 마선지경에 든 것이 확실하다면 하후광적이 눈치를 채지 못하는 것은 당연하다."

말을 마친 그는 사공무천을 보며 물었다.

"밖의 상황은 어떠냐?"

"너무 조용합니다. 아무래도 총가의 위치까지는 알아내지 못한 것이 아닐까 싶습니다."

"삼가를 없앤 것이 벌써 보름이 넘어가는데 아무런 움직임이 없단 말이지?"

사공무경은 손가락을 움직이며 육갑을 짚더니 다시 비소를 흘렸다.

"마노야 이놈이 잔머리에 대가라고 하더니 역시 똑똑해."
"예?"
모두는 의아한 표정으로 사공무경을 쳐다보았다.
"이곳을 직접 쳐들어오는 것은 위험하다고 판단한 것이다."
"그래도 이곳을 안다면 공격은 하지 않더라도 감시라도 시작해야 맞지 않겠습니까?"
"감시는 이미 시작했을 게다. 다만 우리가 눈치채지 못하도록 멀리서 하고 있겠지. 사공무천."
"예, 가주님."
"지금 창고에 식량이 얼마나 남아 있느냐?"
"최소한 한 달은 버틸 수 있는 양이 있습니다."
"부식을 나르는 배는 언제 들어오지?"
"삼 일 후입니다."
"삼 일 후, 그 배가 정상적으로 들어오는지를 보면 이놈들이 무슨 수작을 부리는지 정확하게 파악할 수 있을 게다. 이만 나가 봐라."
모두가 나가자 사공무경의 눈에는 살망이 번뜩했다. 그리고 그는 처음으로 후회라는 것을 하고 말았다.
"이놈을 처음 알았을 때 죽였어야 했던가……."

* * *

천의문 간부회의실.

수석 호법인 벽력신군이 비상 소집을 한 것이었다.

"무슨 일이 있습니까?"

장로인 백초의은이 의아한 듯 물었다.

"문주님께서 열흘간 폐관에 드실 예정입니다. 문주님께서는 괜찮다고 하셨지만 수하의 도리로 문주님의 안전에 대해 아무런 조치도 취하지 않는다는 것은 말이 안 된다고 생각합니다."

"문주님께서 폐관에 드십니까?"

모두는 놀라 반문했다.

"오늘부터 들어가십니다. 하지만 폐관하신다고 알려지면 안됩니다."

"그거야 당연한 일이지요. 그런데 갑자기 폐관을 하신다니 혹시 이번 외유에서 부상이라도 당하신 것입니까?"

"문주님의 무공에 대해 알고 계시지 않습니까? 부상을 당하실 분이 아니시지요."

"그럼 왜 폐관을……?"

"그것까지야 저희가 알 수 없지요. 여러분들은 열흘 동안 천의문에 시끄러운 일이 일어나지 않도록 주의만 해 주시면 됩니다."

"그런데 이곳에 폐관실이 따로 있지는 않다고 알고 있는데 어디서 폐관을 하신다는 겁니까?"

동정어옹은 의아한 듯 물었다.

소림사나 무당파 같은 명문에서는 무공 증진을 하기 위해 스스로 몇 년씩 폐관을 하는 경우가 종종 있지만 그것은 아주 예외적인 일이었다.

보통 폐관은 길어야 한 달, 짧으면 삼사 일 안에 끝내는 것이 보통이었다. 폐관을 하는 이유도 무공증진을 위해서가 아니라 심한 내상을 입어서 상처 치료 목적이거나 갑자기 큰 깨달음을 얻어 그것을 구체화하기 위할 때뿐이었다.

두 가지 경우 모두 깊은 운기조식을 하게 되면서 방어에 아주 취약한 상태가 된다.

그래서 뜻하지 않은 불상사를 방지하기 위해 외부 침입자가 들어갈 수 없을 정도로 방어막이 잘되어 있고, 소리조차 들리지 않는 완벽하게 밀폐된 장소에서 폐관을 하는 것이 원칙이었다.

그런데 천의문은 폐관실이 없었다.

"문주님 집무실에서 하실 것 같습니다."

"예? 호법께서는 그건 안 된다고 주청도 하지 않으셨습니까?"

"저도 너무 위험하다고 말씀드렸지요. 하지만 걱정 말라고 하시더군요. 저로서는 어찌할 방도가 없었습니다."

"그럼 집무실이 있는 전각의 출입을 금하고 경계도 두 배 이상 높여야겠군요."

진무성의 집무실이 있는 전각은 호법과 장로들의 집무실도 같이 있어서 사람들의 출입이 꽤 많았고 조용한 편도 아니었다.

"그것 역시 평상시 대로 하라고 하시더군요. 그냥 집무실 안으로 들어오지만 않으면 된다고 하셨습니다."

그들의 상식으로는 도저히 이해가 안 되는 말이었지만 원체 진무성 자체가 상식적이지 않은 사람이다 보니 더 이상 반문하는 사람도 없었다.

* * *

진무성의 집무실은 매우 단출했다.

그가 집무를 볼 때 사용하는 책상과 의자 그리고 간부들이 들어왔을 때 앉을 의자 두 개가 전부였다.

사실 진무성은 집무실을 이용한 적이 거의 없었다.

책상과 의자로 문을 막은 진무성은 집무실 중앙에 정좌

를 하고 앉았다. 그리고 눈을 감은 그는 암흑의 공간으로 들어갔다.

 눈을 뜬 진무성은 주위를 둘러보았다. 이제 공간은 더 이상 암흑의 공간이 아닌 검붉은 공간이라고 해야 할 정도로 붉은색을 띤 공간이 꽤 많이 넓어져 있었다.

 하지만 붉은 공간은 암흑의 공간보다 더 괴기했다.

 "오랜만에 들어왔더니 이상하게 변했군?"

 암흑의 공간은 마노야의 마기가 만든 공간이었다. 하지만 진무성의 천극혈성마공의 기가 마노야의 기를 밀어내면서 공간의 주체가 된 것이었다.

 그가 암흑의 공간으로 들어온 것은 시간을 벌기 위해서였다.

 일장춘몽(一場春夢)이라는 말이 있다.

 길거리에서 반 각도 안 되는 짧은 시간을 잤는데 꿈 속에서 일평생을 보냈다는 이야기였다.

 진무성의 암흑 공간 역시 같은 효과가 있었다. 그는 긴 시간을 수련했음에도 깨었을 때는 아주 짧은 시간만 흐른 경우가 많았다.

 그가 암흑 공간에서 수련하면서 느낀 시간의 흐름은 현실 속에서 백 년 이상을 수련한 것이나 마찬가지의 시간을 보낸 것 같은 느낌을 줄 정도였다.

그리고 그 수련은 정말로 그에게 그만한 효과를 주었다.

많은 사람들이 진무성의 젊은 나이를 보고 놀라는 이유가 수련할 시간이 충분치 않았을 것이라는 선입견이 있었는데, 사실 진무성은 무림의 누구보다도 더 많은 시간을 수련했던 것이었다.

진무성은 조화신병을 꺼내고는 먼저 창을 만들었다. 그리고 천극혈성마공을 십이성 끌어올린 후, 그가 아는 모든 창술을 펼치기 시작했다.

그러자 창끝에서 뿜어져 나온 혈기가 무려 삼십 장 가까이 뻗어 나가더니 주위를 모조리 쓸어버리기 시작했다.

찌르고 때리고 휘두르고 완전 무아지경에 빠져 창을 휘두르던 그가 공중에서 몸을 회전하자 조화신병은 검으로 변해 있었다.

이번에는 그가 아는 검술을 모두 펼치기 시작했다. 마노야는 거의 무공의 보고와 같을 정도로 많은 무공을 알고 있었기에 그가 펼칠 수 있는 무공은 끝이 없었다.

너무 강력해서 암흑의 공간이 아니었다면 아마 주변 백장 안은 완전히 쑥대밭으로 만들었을 정도였다.

그의 천극혈성마공의 혈기가 사방으로 퍼져 나가자 암흑의 공간은 점점 더 검붉은 기가 장악을 해 나가기 시작했다.

진무성의 모습은 마치 하늘을 자유자재로 날면서 보이는 모든 것을 다 파괴하는 혈룡과 같았다.

전력을 다해 무공을 펼치니 끝이 없을 것 같던 그의 내공도 바닥을 보이기 시작했다. 하지만 진무성은 멈추지 않았다.

그리고 결국 위력이 점점 약화되기 시작했다.

순간 주위를 완전히 잠식하던 혈기가 갑자기 모조리 사라졌다. 진무성이 천극혈성마공을 멈추었다는 의미였다.

펼치던 심공을 갑자기 이렇게 멈춘다면 영락없이 주화입마로 빠질 수 있는 아주 위험한 행동이었지만 나타난 상황은 아주 신기했다.

그의 몸에서 백색의 강기가 퍼져 나온 것이다. 혈기와 같은 강력함은 없었지만 기묘하게 공간의 검붉은 기를 파고들며 잠식하기 시작했다.

점점 넓어지던 백색의 기가 또 다른 변화가 생기기 시작했다. 금색의 기가 백색의 기 사이사이에 보이기 시작하더니 그 세력을 더욱 넓힌 것이다.

이제 진무성의 주위는 백색과 금색이 섞인 기로 덮혀버렸다.

하지만 진무성은 지금 자신의 변화를 아는지 모르는지 계속 무아지경 속에서 무공을 펼치고만 있었다.

그렇게 또 얼마나 시간이 흘렀을까……

백색과 금색의 강기 사이로 다시 혈기가 새어 나오기 시작했다. 아까와 다른 점은 천극혈성마공을 펼치지 않았음에도 자연스럽게 혈기가 형성이 되었다는 것이었다.

백색과 금색 그리고 붉은색, 세 가지 색이 암흑의 공간을 잠식하며 괴기한 분위기를 풍기던 공간이 이젠 아름답다는 생각이 들 정도로 변해 갔다.

그런 상황으로 또 시간이 하염없이 흘렀다. 심리적인 시간으로는 적어도 십 년은 지난 듯 할 정도였다.

삼색의 아름다운 강기는 암흑의 공간을 멀리 밀어내고 진무성 주위 전체로 퍼져 있었다. 그때, 진무성의 모습이 사라져 버렸다.

더 이상 백색 강기도 금색 강기도 혈색 강기도 보이지 않았다.

아무런 색도 보이지 않는 투명함.

그것은 아름다움도 괴기스러움도 없었다. 그리고 점점 투명함이 공간까지 퍼져 나가자 말로 표현할 수 없는 신비스러움이 주위를 채우기 시작했다.

그렇게 얼마나 시간이 또 흘렀을까……

진무성은 여전히 보이지 않았다. 이미 사라진 것일까……

암흑의 공간을 나갔다면 깨어나야 하는데 여전히 깨어

나지 않고 있다는 것은 그가 이곳에 있음은 분명했다.

그리고 드디어 진무성의 모습이 다시 나타났다. 그는 더 이상 무공을 펼치지 않았고 몸에서 어떠한 기도 발산하지 않았다. 그냥 눈을 감고 정좌를 한 자세로 공중에 떠 있을 뿐이었다.

'마노야…… 쥐새끼 같은 놈! 아직도 사라지지 않고 숨어 있었다니…….'

암흑의 공간의 암흑이 완전 변방으로 밀려나자 암흑속에 숨어 간신히 가느다란 정신만 남겨 놓은 채 동면하고 있던 마노야를 찾아낸 것이었다.

이미 소멸을 했어야 할 그가 어떻게 아직까지 버티고 있는지는 진무성도 알 수 없었다.

마음 같아서는 마지막 정신까지 제거하고 싶었지만, 마노야가 진무성보다 우위에 있었을 때도 괴롭히기 했지만 죽이지는 못한 것처럼 진무성 역시 마노야를 죽일 방법은 없었다.

실체가 아니기 때문이었다. 자신이 당했던 고통을 그대로 되갚아 주고 싶은 마음도 있었지만 그 역시 완전히 동면을 한 그를 깨울 수도 없었다.

지금은 죽은 듯 있지만 진무성이 약해진다면 언제라도 깨어나 진무성의 몸을 차지하려 들 것이 분명했다.

'네가 아무리 그래도 다시는 깨어날 수 없을 것이야……'

눈을 뜬 진무성은 천천히 몸을 일으켰다.

소기의 목적을 달성한 것일까……

진무성의 표정은 마치 달관한 부처님처럼 평온하기 그지없었다.

"만류귀종(萬流歸宗)이라는 단어의 뜻을 이제야 이해하다니 난 참 미련했구나……."

진무성은 이미 스스로 무공을 만들 정도로 일대종사의 경기를 보였었다.

하지만 그것은 끊임없는 수련과 수많은 고수들과의 실전으로 파악한 여러 무공의 단점과 장점을 모아 초식을 만든 것뿐이었다.

하지만 지금은 무공의 기본이라할 심법과 신공까지 스스로 고칠 수 있을 정도가 되었다. 천극혈성마공의 부작용까지 그는 찾아냈고 그것을 고칠 방법까지 알아낸 것이다.

'이만 나가야겠다. 영 매를 너무 오랫동안 못 봤어.'

설화영을 떠올리며 진무성은 천천히 눈을 떴다.

눈을 뜬 그는 집무실을 둘러보았다. 그러자 그가 옮겨 놓았던 집기들이 마치 살아 있는 듯 공중으로 떠오르더니 예전에 있던 자리로 날아갔다.

그냥 단지 보며 생각만 했을 뿐인데 모든 것이 그대로 움직인 것이다.

진무성은 지금 자신의 경지가 전설로만 떠도는 궁극의 경지인 여의지경에 도달했다는 것을 자각하지 못하고 있었다.

문을 열고 나가자 복도에는 아무도 보이지 않았다. 진무성이 폐관을 하는 동안 전각 전체를 폐쇄해 버린 탓이었다.

'이러지 말라고 했는데 참 말들도 안 들으시네…….'

중얼거리는 진무성의 입가에는 미소가 어렸다. 그들이 그의 말을 듣지는 않았지만 무슨 마음으로 이런 것인지는 잘 알고 있기 때문이었다.

진무성이 전각 밖으로 나가자 그곳의 경비를 책임고 있던 장로 무쌍철검이 후다닥 달려왔다.

"문주님, 폐관을 끝내셨습니까?"

"제가 폐관에 든 지 며칠이나 됐습니까?"

"칠 주야가 지났습니다."

"칠 주야밖에 안 지났습니까?"

암흑의 공간에서 그는 최소한 이십 년은 지났다고 생각했었다. 물론 현실은 훨씬 짧겠지만 그래도 예정했던 열흘보다도 짧은 칠 일 만에 나올 줄은 그도 생각 못했었다.

"예. 정확히 칠 주야입니다."

"폐관은 끝냈으니 모두에게 그렇게 전해 주십시오. 그리고 저는 군사님께 가 있을 것이니 그동안 새로운 사건이나 정보가 들어온 것이 있으면 모아서 보내라고 해 주십시오."

"알겠습니다."

무쌍철검은 허리를 숙이며 답했다.

그리고 고개를 든 그는 진무성의 모습이 이미 사라진 것을 보자 떨리는 목소리로 중얼거렸다.

"뭐지? 문주님이 예전의 문주님이 아니야…… 뭐가 달라진걸까?"

진무성을 보자마자 그는 이상할 정도로 가슴이 떨렸다. 그리고 대화를 나누는 와중에도 자꾸 작아지는 스스로를 느꼈다. 그런데 진무성은 오히려 더 온화해졌고 대화도 매우 부드러웠다.

무쌍철검은 진무성이 분명 대단한 성과를 얻었다고 판단했다.

그는 설화영의 처소가 있는 방향으로 엎드려 절을 했다.

그냥 자신도 모르게 진무성에 대한 존경심이 발동했기 때문이었다.

상대로 하여금 아무것도 안 했음에도 스스로 엎드리게

만드는 진무성의 모습은 명실공히 진정한 절대자였다.

5장

"상공, 경하드립니다."

진무성이 안으로 들어서자 설화영은 다 알고 있다는 듯 공손히 절을 하며 치하했다.

"갑자기 웬 경하?"

"이루고자 하신 것을 알아내셨으니 어찌 경하드리지 않을 수 있겠습니까?"

"무공도 모르는 영 매의 눈에도 그게 보여?"

"제가 어찌 그게 보이겠습니까? 하지만 열흘을 정하시고 폐관하신 분이 칠 주야만에 나오셨으니 원하시는 바를 얻으셨다는 의미가 아니겠습니까?"

"역시 영 매의 총명함은 대단해!"

"우선 앉으십시오. 제가 차를 곧 준비하겠습니다."

그녀가 차를 준비하는 동안 잠시 방 안을 둘러보던 진무성의 눈에 그의 초상화가 그려진 화판의 위치를 보자 자신도 모르게 미소를 지었다.

언제나 놓여 있던 곳이 아니라 그녀의 자리 근처로 살짝 옮겨져 있었고 덮어 놓은 천도 급히 덮은 티가 느껴졌다.

그녀가 조금 전까지도 그의 초상화를 보고 있었음을 누가 봐도 충분히 알 수 있기 때문이었다.

"내 초상화를 보고 있었나 보네?"

"제가 가장 행복한 시간이 상공의 초상화를 볼 때인 것을 모르셨습니까?"

설화영은 찻잔을 진무성의 앞에 놓고는 자리에 앉으며 물었다.

"이제 어찌하실 생각이십니까?"

"영 매는 어떻게 했으면 좋겠어?"

"전 상공께서 어떤 계획을 세우시던 따르겠지만 이번처럼 혼자 뭔가를 하시지는 않으셨으면 합니다."

말은 안 했지만 그녀는 진무성이 홀로 대무신가의 세지가를 없애러 갔을 때, 상당한 마음고생을 했었다.

진무성이 다치지는 않을까 하는 걱정으로 밤 잠을 며칠

이나 설쳤고 깨어 있는 동안에도 편한 적이 없었다.

　모든 짐을 홀로 지고 모든 위험을 감수하는 것이 자신 때문이라는 생각도 그녀를 힘들게 했다. 거기에는 진무성에게 어떠한 도움도 주지 못하고 무사히 돌아오기만을 기다려야 하는 자신의 무기력함에 대한 원망도 있었다.

　진무성도 그녀의 마음을 아는 듯 부드럽게 말했다.

　"이제 끝이 점점 보이고 있어. 이제부터는 나 혼자 할 수도 없고 해서도 안 된다고 생각해. 그러니까 더 이상 걱정은 하지 마."

　"알겠습니다."

　"요 며칠간 천기에는 특별히 이상한 것은 없었어?"

　"……."

　설화영이 답 없이 뭔가를 생각하자 진무성은 다시 물었다.

　"뭔가 봤구나?"

　"오늘 밤이 되면 상공께서 직접 보시고 판단해 보세요. 전 그것이 무엇을 의미하는지 확실히 해석을 할 수가 없었습니다."

　"특별한 천기는 계속 보이지 않는다고 하지 않았어?"

　"그랬습니다. 그런데 이번은 다르네요. 벌써 삼 일째 똑같은 현상을 보여 주고 있습니다."

"그래? 어떤 현상인지 빨리 보고 싶네."

하지만 천기를 볼 정도로 어두워지려면 아직도 세 시진 이상 남아 있었다.

"폐관하느라 힘이 많이 드셨을 텐데 어두워질 때까지 우선 좀 쉬십시오."

"쉬어야 할 정도로 힘들지는 않았으니까 그냥 영 매랑 대화나 하면서 놀면 안될까?"

"풋!"

어린아이가 보채듯 말하는 진무성의 모습에 설화영은 웃음을 참지 못하고 소매로 입을 가렸다.

"왜 웃어?"

"상공이 어린아이 같이 놀면 안 되냐고 하니까 호호~"

"어린아이 같이 그런 게 아니라 진짜 영 매랑 놀고 싶다니까?"

진무성은 능글맞은 미소를 지으며 그녀의 손을 잡았다.

"대낮이에요. 초선이도 언제 들어 올지 모르고요. 조금만 참으세요."

"난 그냥 영 매랑 대화나 나누면서 즐거운 시간을 보내자는 건데 무슨 생각을 한 거야?"

진무성의 말에 설화영의 얼굴이 새빨개졌다.

"그, 그게……."

"하하하하! 영 매가 얼굴이 빨개진 것을 보니까 이상한 생각을 했나 보네?"

"짓궂으세요. 자꾸 저를 부끄럽게 하실 거예요?"

"알았어. 안 그럴게."

하지만 진무성의 얼굴에는 짓궂은 미소가 사라지지 않고 있었다.

그런 그를 보며 설화영은 순간 의아한 생각이 들었다. 진무성이 그녀에게 이따금 농을 던진 적은 있지만 이런 말까지 한 적은 없었기 때문이었다.

'상공께서 달라지셨어…… 마음에 여유가 생긴 걸까 아니면 성정에 변화가 생긴걸까?'

어찌 됐건 평소보다 더 유쾌한 모습을 보이는 진무성을 보며 나쁜 징조는 아니라고 생각하는 그녀였다.

* * *

"역시 만만치 않아……."

사공무경의 짐작대로 그들에게 향하던 부식을 나르던 배는 무림맹의 경비선에 걸려 부식을 전달하지 못했다.

"군림맹에 파견 나가 있던 단목환이라는 놈이 무림맹에 돌아와 저희가 있는 섬 주변을 완전히 봉쇄해야 한다고 주장했다고 합니다. 하후광적은 그걸 받아들였다는군요."

 무림맹의 장로들 사이에 간세들이 있다는 진무성의 추측은 사실로 밝혀졌다. 단목환은 이번에는 비밀로 하지 않고 장로 회의에 나가 모든 장로가 보는 앞에서 대무신가의 총가가 있는 곳으로 예상되는 섬의 주변을 봉쇄해야 한다며 허락을 구했다.

 물론 대무신가의 총가가 있다는 말은 하지 않고 매우 수상한 정황이 드러났다는 말로 설득을 했다.

 그리고 장로 회의의 상황은 그대로 대무신가의 총가로 전해지고 있었다.

 그것도 한두 명이 아니라 거의 열 명에게서 연락이 왔다. 그들이 보낸 정보는 총가로 곧장 보내지지 않았다. 그들이 보낸 정보는 모두 다른 곳으로 전해진 후에도 몇 군데를 더 돌고는 총가로 보내졌다.

 그들이 보낸 서찰을 추적해서는 절대 대무신가를 찾을 수 없는 완벽한 조직망이었다.

 하지만 이미 총가의 대략적인 위치가 들킨 지금은 그런 대단한 조직망도 사실 더 이상 큰 소용도 없었다.

 "놈들이 우리를 공격하는 것을 포기하고 우리가 나오기를 기다리는 것 같구나."

"주위에서 고기를 잡는 어부들도 모두 출입을 통제하고 섬에 사는 작은 어촌의 사람들도 다른 섬으로 옮긴다고 합니다."

정운의 말이 끝나자 사공무일이 발끈한 목소리로 주청했다.

"가주님, 제게 명을 내려 주십시오. 무림맹 떨거지놈들은 제가 초인 몇 명만 데리고 나가도 모조리 쓸어버릴 수 있습니다."

"무일아."

"예!"

"넌 지금 내가 한 얘기를 어디로 들은 거냐? 지금 저놈들은 우리가 스스로 나와 주기를 바란다고 하지 않았느냐? 그런데 거기에 장단을 맞춰 주겠다는 것이냐?"

"어차피 이런 식의 봉쇄가 길어지면 뭔가 결단을 내려야 한다고 봅니다. 그렇다면 아직 포위망이 완벽하지 않을 때 나가서 모두를 없애 버리는 것이 낫지 않겠습니까?"

"창룡 그놈이 왜 이런 방법을 쓴다고 생각하느냐?"

"저희들이 두려워서 그런 것 아니겠습니까?"

"쯧! 쯧! 쯧! 그런 머리로 도대체 뭘하겠다는 것이냐? 창룡 그놈이 누구를 두려워하고 그럴 놈으로 보이더냐?

이놈이 이런 방식을 취한 것은 본가가 있는 섬을 아직 제대로 파악하지 못했다는 방증이다. 그리고 다른 정파들의 설득에 실패했다고 봐야겠지."

사공무경은 진무성이 정파의 힘조차 모두 끌어내지 못하고 있다고 판단했다. 그리고 그 판단은 정확했다.

하지만 진무성이 이런 방식을 택한 것은 모두를 설득하는 데 실패해서가 아니라 피해를 최대한 줄이기 위해서란 것까지 알지 못했다.

그에게 수하들의 피해를 줄이기 위해 계획을 짠다는 것은 아예 뇌리에 없었기 때문이었다.

"맞습니다. 지금 우리가 나가서 포위한 놈들 몇 놈 죽이는 것은 정파가 대대적으로 이곳을 공격할 명분만 만들어 주는 것입니다. 모른 척 기다리다 보면 무림맹 내에서 의견 충돌이 일어날 것입니다."

정운의 말에 사공무천이 약간은 불만 섞인 표정으로 의견을 제시했다.

"군사의 말이 일리가 있긴 하지만 그렇다고 우리가 계속 이곳에 갇혀 있다면 중원에 있는 본가의 조직들에 대한 지휘에 큰 구멍이 뚫릴 수 있지 않겠나?"

"그런 걱정할 필요 없다. 이미 내가 비상 조직망을 가동시켰다. 사공무결이 잠시 동안 모든 조직의 지휘를 맡을 것이다."

 사공무경은 놀랍게도 이런 경우까지 모두 염두에 두고 차선책까지 마련해 두었던 것이다.

 사공무결이라는 이름을 들은 사공무천과 사공무일의 표정이 미묘하게 변했다. 같은 조직 안에서 사공 성씨를 같이 쓰는 그들끼리도 뭔지 알 수 없는 알력이 존재함을 느낄 수 있었다.

 "가주님, 지금 일어나는 모든 사건은 창룡이 원인입니다. 군사로서 가주님께 간청을 드립니다. 창룡을 제거하도록 해 주십시오."

 다시 창룡의 제거는 대무신가의 일순위가 되었지만, 문제는 사공무경이 여전히 창룡을 초인동으로 유인하는 것이 먼저라고 못을 박았다는 것이었다. 죽여도 초인동에서 죽여야 한다는 것이었다.

 "이제 굳이 유인할 필요도 없다. 교만은 자신의 죽음을 재촉하는 법이지. 놈은 본 가의 지가를 혼자 공격했다. 무공에 자신이 있다는 것을 적나라하게 보여 주는 것이 아니겠느냐? 그 교만함은 홀로 이곳에 들어오게 만드는 유혹이 될 것이다."

 사공무경은 진무성이 지금 자신이 천하제일의 고수라는 명성의 달콤함에 빠져 있다고 생각했다. 그렇지 않다면 홀로 지가들을 제거하지는 않았을 것이기 때문이었다.

물론 창룡에게는 그런 자신감을 가질 만한 자격이 있었다. 하지만 그가 모르는 것이 하나 있었다.

바로 자신! 사공무경이라는 사람의 존재였다.

사공무경의 가장 큰 실책이라면 바로 진무성이 자신의 존재에 대해 모르고 있을 것이라는 자신감이었다.

* * *

"들어가도 되겠습니까."

설화영의 다리를 베고 누워 오랜만에 한가함을 만끽하던 진무성은 총관의 방문에 아쉬운 듯 몸을 일으켰다.

"들어오세요."

강력신도 권책은 조심스럽게 안으로 들어오더니 허리를 숙이며 말했다.

"문주님의 휴식을 방해하여 정말 죄송합니다. 그런데 삼연에게서 연락이 와서 시간을 끌 수가 없다고 판단했습니다. 다시 한번 용서를 바라겠습니다."

"총관으로서 할 일을 하는 것인데 죄송할 것이 무엇이 있겠습니까? 서찰을 가져오십시오."

"예!"

권책은 천천히 다가가 공손히 작은 봉서 하나를 건넸다. 봉서에는 누가 보냈는지는 써 있지 않았고 삼연(三緣) 글자만 작게 쓰여 있었다.

 삼연이 누구인지는 권책도 몰랐다. 다만 삼연이라는 이름으로 받은 서찰은 무조건 진무성에게 직접 전달하도록 명을 받았다.

 "수고했습니다. 나가셔도 됩니다."

 "예!"

 권책이 나가자 설화영이 물었다.

 "삼연이면 암흑상단의 종화려란 여인이 맞지요?"

 "맞아. 계속 연락이 없어서 혹시 마음이 바뀌었나 생각했는데 다행히 배신을 한 것 같지는 않군."

 "그 여인이 암흑상단의 총행수가 되었다고 하더군요?"

 "그러게 말야. 나로서는 예상치 못한 거물 간세를 두게 되었으니 고마울 뿐이지, 뭐."

 진무성은 봉서를 뜯었다.

 봉서 안에는 알 수 없는 기호와 비문이 잔뜩 쓰여 있었다. 그와 종화려만이 해독할 수 있는 비어였다.

 "갑자기 연락을 한 것으로 보아 아주 중요한 일이 있는 것 같은데 뭐예요?"

 "암흑상단에서 엄청난 양의 밀수품과 앵속을 중원에서

유통시키고 있다고 하네."

"밀수품과 마약 밀매가 암흑상단에 의해 가장 많이 유통된다는 소문은 이미 많이 퍼져 있었어요. 그런데 총행수가 직접 확인을 시켜 준 셈이네요?"

"종화려가 서찰을 보낸 것은 그것 때문이 아닌 것 같아."

"그럼요?"

"밀수품과 앵속의 판매로 분명 막대한 돈이 암흑상단으로 유입이 되는데 그녀가 총행수가 되어 재정상태를 살펴보았더니 그 돈이 모두 어디론가 사라져 있다는 거야. 더욱 의아한 것은 재무담당 행수조차 아는 것이 없다네."

"총행수인 그녀까지 모르는 일이 암흑상단 내에서 벌어지고 있다는 말이네요? 누군가 횡령을 하기에는 그 액수가 너무 크다니까 결국 암흑무림에서 관여를 하는 것 같은데 왜 이걸 상공께 보고한 걸까요?"

"내가 무엇이든 이상하다 느껴지는 것은 무조건 보고하라고 했거든. 그런데 드디어 그림의 마지막 조각을 발견한 것 같은데?"

진무성의 말에 설화영은 의아한 눈으로 그를 쳐다보았다.

"그림의 마지막 조각이라니 그게 무슨 말이에요?"

"대무신가는 천하상단에서 자금을 대고 있었어. 하지만 아무리 계산해도 천하상단만으로는 부족하다는 결론이 나오더라고. 무엇보다 이번에 삼가를 없애면서 내 판단이 맞다는 확신이 들었어. 그럼 대무신가에 돈을 대는 곳이 천하상단 말고 또 있다는 말인데 의심 가는 데는 많은데 막상 특정하려고 하면 다 아닌 것 같더란 말이야."

"그게 암흑상단이라고 생각하십니까?"

"봉화려가 총행수가 됐음에도 전혀 모르는 것으로 보아 암흑상단이 아니고 그 위인 암흑무림이 그런다고 봐야지."

"하지만 암흑무림은 대무신가와 혈투까지 벌이지 않았습니까?"

"그랬지. 거기다 천하상단하고도 곳곳에서 많이 부딪쳤다고 알고 있어. 태평상단에서는 두 상단이 완전 견원지간이라고 확신하고 있더라고."

"그런 암흑무림이 대무신가와 연관이 있다고 생각하시는 거예요?"

"이미 전부터 의심을 하고 있었어."

"의심할 만한 이유가 있으셨어요?"

"암흑무림에 대해 무림이 아는 것이 너무 없어. 영 매도 한 번 생각해 봐. 암흑무림은 암흑세계에서 시작됐어."

 암흑세계는 한마디로 지하세계를 말했다. 흑도들 같은 범죄를 일삼는 자들의 세계를 지하세계라고 비유하곤 했지만 암흑세계는 비유가 아니라 실지 지하세계였다.

 중원에는 거대한 지하 공동이 있었다.

 탄광의 광부들에게 발견이 되어 그들의 거처로 이용되던 지하 공동은 가난하고 소외된 유람민이나 거지 그리고 관에 쫓기던 범죄자들이 숨어 들면서 규모가 커지기 시작했다.

 그리고 공적이 되어 쫓기는 무림인들까지 몰리면서 세력화하기 시작했다.

 진무성이 이상하게 생각한 것이 바로 이 대목이었다. 탄광의 광부와 가난한 천민들 그리고 범죄자와 정파에 쫓기던 무림인들은 절대 어울리기 어려운 조합이었다.

 그런데 그들이 모여 만든 것이 암흑무림이었다. 온갖 불법적인 일을 통해 재정을 충족시켰다고 하지만 불법적인 일이 단기간에 많은 돈을 만들 수는 있을지 몰라도 고정적인 수입이 되기는 어려웠다.

 거기다 암흑무림의 고수들의 무공은 어디서 나왔느냐도 의심의 이유 중 하나였다.

특히 암흑지마황은 파천혈마와 함께 사파의 절대자로 군림해 왔다. 정파에 쫓겨 도망치던 자들의 무공으로는 그런 성취를 얻는 것은 거의 불가능에 가까웠다.

물론 진무성처럼 약관이 되어서야 무공 입문을 했지만 절대 고수가 되었으니 불가능할 이유가 뭐냐고 반박할 수도 있었다.

하지만 진무성과 이들에게는 크나큰 차이가 있었다. 바로 진무성은 만년천지음양과라고 하는 인세에서 다시는 볼 수 없는 영과를 먹었단 차이가 있었다.

"사공무혈에게 물어보시지 그랬어요?"

"사공무혈도 암흑무림에 대해서는 아는 것이 전혀 없었어. 사공무경은 자신의 최측근에게도 모든 것을 알려주지 않는다는 말이겠지?"

"그럼 암흑무림도 뭔가 조치를 취해야겠군요?"

"조치랄 것이 있나? 대무신가를 떠나서 그들은 세상에 존재하면 안 될 악의 무리야."

"그래도 그들에게 암흑무림은 건드리지 않을 것이니 걱정 말라고 하셨잖아요?"

혈사련이 무너진 후 진무성은 암흑무림에 화해의 손짓을 보냈었다. 혈사련의 멸문으로 동요하는 사파를 달래기 위해서였다.

거기에는 암흑무림을 건드리는 일은 없을 것이라는 그의 약속도 포함되어 있었다.

　"건드리지 않는다는 말과 없애지 않는다는 말이 같나?"

　"아마 대부분의 사람들은 공격하지 않는다는 의미라고 할걸요?"

　"해석이 틀린 것까지 내 책임은 아니잖아? 그리고 약속 따위는 개한테나 주라고 떠드는 자들이 사파인이야. 난 내 방식대로 할 뿐이고."

　진무성의 방식.

　이미 알 만한 사람들은 꽤 많이 알고 있는 그의 방식은 악한 자들에게 가장 무서운 방식이기도 했다.

　그는 자신의 평판 따위는 생각하지 않았다. 당연히 나쁜 놈들에게 약속을 어기는 것은 크게 문제 될 것이 없었다.

　하지만 설화영의 표정은 태연할 수가 없었다.

　진무성의 방식에 반대를 하는 것은 아니지만 정파의 절대자로 불리는 그가 약속을 어긴다면 명성에 누가 될 것은 자명하기 때문이었다.

　"그래도 명분을 조금은 쌓는 것이 어떨까요?"

　"명분? 나쁜 놈들을 징치하는 데 굳이 명분이 필요한지는 모르겠지만 영 매가 그러라니까 생각해 볼게."

"고마워요."

그녀는 진무성이 자신의 의견을 존중해 주는 것이 고마웠다.

"고맙긴? 영 매의 판단이 언나 옳으니까 따르는 거야. 솔직히 지금 내가 하는 행동이 진짜 나의 행동인지 마노야의 영향을 받고 있는 것인지 종종 나도 헷갈릴 때가 있거든."

"그래도 언제나 옳은 판단을 하고 계시니까 걱정 마세요. 그런데 암흑무림은 어떻게 하실 생각이세요?"

"아직도 제황병을 찾는 자들이 많다고 하더라."

"욕심에 눈이 멀어 자신들이 죽을 수도 있다는 것을 망각한 사람들이에요. 대무신가가 마교의 후신이라는 말을 들었으면 포기할 만도 한데 여전히 대무신가를 찾아다닌다고 하더군요."

"그래서 그들에게 미끼를 던져 줄 생각이야."

"어떻게요?"

"제황병을 암흑무림에 넘겨주려고."

"제황병을요?"

진무성은 대무신가에서 이미 제황병이 가짜라는 것을 알았다고 판단하고 있었다. 대무신가에서 제황병의 위치를 찾는 정황이 전혀 보이질 않고 있기 때문이었다.

그럼에도 가만히 두었던 것은 대무신가를 찾는 사람이 많을수록 발견할 확률이 높아지기 때문이었다.

이제 대무신가의 총가가 어디에 있는지를 알아낸 이상 제황병의 효용가치는 사라졌다고 볼 수 있었다. 이제 제황병이라는 칼을 암흑무림으로 향하게 할 때가 되었다고 판단한 것이다.

"진짜 제황병을 넘기시려고요?"

"진짜로 주면 안 되지. 보물이 정말 많이 있다면 쓸 곳이 얼마나 많은데. 내가 가짜를 두 개 더 만들어 놨거든. 우선은 소문을 내서 의심을 받게 한 후에 자연스럽게 제황병을 암흑무림으로 넘어가게 하면 될 거야."

"그런데 대무신가에서는 취득한 제황병이 가짜라는 것을 어떻게 알았을까요?"

"제황병에 대해 뭔가를 알고 있는 자가 있었을 거야. 그렇지 않고서는 부수기 전에는 알 수가 없거든."

가짜 제황병을 만든 것 역시 마노야의 작품이었다. 그는 천재답게 세상의 모든 물건들의 모조품을 똑같이 만들 수 있는 자였다. 진무성은 그의 지식을 이용해 세 개의 가짜 제황병을 만들었다.

한 개 만들기도 쉽지 않은 제황병을 세 개나 만든 것은 최소한 세 번은 사용하게 될 것이라는 판단 때문이었다.

암흑무림과 혈사련 그리고 천존마성이었다.

제황병을 이용한 차도살인지계를 만들 생각이었지만 의도치 않게 대무신가에 가장 먼저 사용하게 된 것이었다.

"제황병이 정말 보물이 있는 곳을 알려 주는 장보도이긴 할까요?"

"나도 모르지. 영 매조차 아무 단서도 찾아내지 못했으니까 어쩌면 거짓 소문일 수도 있겠다는 생각이 들긴해. 그리고 솔직히 내가 가지고 있는 것이 진짜 제황병인지 확신할 수도 없고."

"진짜는 확실한 것 같아요. 다만 우리가 아직 비밀을 발견하지 못한 것뿐이지요."

설화영은 제황병을 진무성에게 받은 후 매우 정밀하게 조사를 했지만 결국 아무것도 찾지 못했고 지금은 잠시 은밀한 곳에 숨겨 놓은 상태였다.

"급할 것은 없으니까 대무신가를 없앤 다음에 천천히 같이 연구를 해 보자고."

"예. 그럼 가짜 제황병을 어떻게 암흑무림에 넘기실 생각이세요?"

"사람들이 믿지 않으면서도 이상하게 잘 넘어가는 방법을 사용해야지 뭐."

* * *

 암흑무림의 심처.

 암흑지마황과 수석호법 암흑쌍수 그리고 검은 수염을 길게 늘어뜨린 한 노인이 모여 은밀한 대화를 나누고 있었다.

 "중원 전체의 지휘를 맡게 되셨다는 것입니까?"

 암흑쌍수는 기쁜 표정으로 물었다.

 "아마 사공무천과 사공무일이 똥 씹은 표정을 하고 있을 게다."

 암흑지마황의 말에 노인이 조심스럽게 입을 열었다.

 "반드시 기뻐하기만 할 일이 아닙니다."

 "무슨 말이야?"

 "본가가 지금 창룡에게 얼마나 많은 손해를 보았는지는 림주님도 보시지 않았습니까? 창룡이 나타나기 전에 그 자리에 오르셨다면 큰 기회이자 영전이 될 수도 있지만 지금은 독이든 잔이 될 수도 있다는 말입니다."

 노인은 암흑무림의 진정한 힘이라고 알려진 암흑원의 원주인 흑백마종이었다. 평상시에는 흑발에 흑염 그리고 검은 피부를 보이고 있지만 무공을 사용하면 모든 것이 하얗게 변하는 사특한 무공의 소유자였다.

"창룡이 문제이긴 하지. 하지만 우리에게는 아주 커다란 이점이 있지 않느냐? 창룡은 우리의 정체를 모른다. 그리고 심지어 우리와는 싸우고 싶지 않다는 화해의 의도까지 먼저 보내 왔다. 안심하고 있는 자들은 그만큼 제거하기가 쉬워진다."

"저희와 더 이상의 충돌은 피하겠다고 했지만 그렇다고 그 자를 죽일 수 있을 정도로 가까운 사이도 아닌 것이 문제가 아니겠습니까?"

"그러니까, 이제부터 친해지는 방법을 찾아야겠지. 암흑쌍수."

"예!"

"지금 가장 시급한 것은 삼 지가가 초토화되면서 붕괴된 그들의 조직망과 연락망을 복구하는 것이다. 네가 그일을 맡아 줘야겠다."

"알겠습니다."

"이번 홍항의 사건으로 밀수품과 마약의 반입이 매우 어려워졌습니다. 이제부터 돈이 더 많이 들 텐데 그것은 어떻게 충당하실 예정이신지요?"

"암흑상단에게 가진 물건들 중 돈이 될 만한 것은 모조리 팔라고 지시할 생각이다. 돈 걱정은 그리하지 않아도 될 게다."

암흑지마황은 이럴 경우를 예상하고 상당한 돈을 비축해 둔 듯했다.

"아직 본 가에 대해 모르는 간부들을 설득하는 문제도 결코 소홀히 할 수 없는 일이라고 사료됩니다."

"어차피 본 림의 모든 무력은 내가 다 장악하고 있다. 불만을 가진 놈들이 조금은 생길 수도 있지만 결국 나의 뜻을 따를 수밖에 없을 게다. 이만 나가서 준비나 확실하게 해라."

"예!"

암흑쌍수가 나가자 흑백마종이 다시 물었다.

"림주님, 대무신가 총 책임자가 되신 것에 대해 경하만 드리고 싶지만 뭔지 모르게 불안한 생각이 자꾸 듭니다. 가주님께서 갑자기 이런 지시를 내리신 이유가 뭘까요?"

흑백마종의 염려 섞인 물음에 암흑지마황 역시 생각을 했던 듯 말했다.

"본가가 상당히 곤란한 상황에 놓였다고 보는 것이 맞을게다. 하지만 곤란한 상황이 없었다면 내게 이런 기회가 오기나 했겠느냐? 이번 기회를 잘 살려 본가의 다음 가주는 반드시 내가 되어야 한다. 흑백마종도 알겠지만 이번 기회를 살리는 데 있어 너의 도움이 가장 절실하다는 것을 잊지 말거라."

"걱정 마십시오. 소인은 오로지 림주님께 견마지로(犬馬之勞)를 다 할 뿐입니다!"

흑백마종이 허리를 숙이자 만족한 듯 미소를 짓는 암흑지마황의 진짜 이름은 사공무결이었다.

* * *

진무성이 폐관을 끝내고 이틀쯤 지났을까……

무림에는 또다시 대형 소문이 퍼지기 시작했다.

그것은 너무 뜻밖의 소문이라 사람들 사이에서도 상당한 설왕설래를 하게 만들었다.

그것은 암흑무림에서 제황병을 가지고 도망을 치던 자들을 이미 잡았고 제황병은 암흑무림으로 들어갔다는 소문이었다.

대무신가에서 제황병을 가지고 도망을 쳤고 당시 그곳에 있던 암흑무림의 무력대가 거의 전멸한 것을 수많은 무림인들이 본 상황이었다.

심지어 제황병 때문에 천독곡에서 그 엄청난 혈겁이 벌어진 것도 그리 오래전 일이 아니었다. 그런데 뜬금없이 제황병이 사실은 암흑무림에서 가지고 있다니……

믿기 어려운 소문이지만 누군가 의도한 것인지 소문은

일파만파 퍼져 나갔고 사실이건 아니건 확인은 해 봐야 겠다는 자들이 나타나기 시작했다.

그렇다.

소문은 만들기는 쉽지만 그 소문이 가짜라는 것을 증명하는 것은 쉽지 않은 법이었다.

6장

천독곡의 혈겁 이후, 무림인들은 제황병을 입에 올리지 않았다. 천독곡에서 죽은 사람들의 지인들이나 동문들은 제황병이 아니라 대무신가를 찾아다녔다. 복수를 하기 위해서였다.

제황병을 쫓는 자들도 은밀하게 대무신가를 찾을 뿐 대놓고 제황병을 입에 올리지는 않았다. 욕심 때문에 찾아다니기는 하지만 대무신가의 무서움을 알았기 때문이었다.

그런데 뜬금없이 제황병에 대한 소문이 퍼져나가고 있으니 어리둥절할 수밖에 없었다.

심지어 대무신가가 아닌 암흑무림에서 가지고 있다고

하지 않는가……

 창룡의 공격에 제황병을 들고 튄 대무신가의 무사들을 암흑무림에서 잡았고 조용해질 때까지 은밀히 숨겨 두었다가 조금 잠잠해지자 암흑무림으로 옮기려고 하고 있다는 구체적이며 그럴듯한 이야기까지 만들어져 퍼지고 있으니 긴가민가하는 사람들도 점점 늘어갈 수밖에 없었다.

 하지만 예리한 사람들은 뭔가 작위적인 냄새가 나고 있음을 간파하고 있었다.

 "제갈 군사, 갑자기 제황병에 대한 소문이 일파만파 퍼지고 있는데 확실한 근거는 있는 소문인거요?"

 진주언가의 장로인 언필의 질문에 모두의 시선이 제갈장우에게 향했다.

 제황병이라는 단어만 들어도 경기를 할 정도로 민감한 무림맹의 장로들은 당장 장로 회의를 소집하고는 제갈장우를 부른 것이다.

 "전 누군가 의도적으로 그런 소문을 퍼뜨린 것은 아닐까 판단하고 있습니다."

 "의도적이라면 분명 이유가 있을 것이 아니오?"

 "제황병을 가지고 있다는 소문이 나면 그 후, 어떤 일이 벌어질지는 장로님들도 어느 정도는 짐작하지 않으십니까?"

처음 제황병이 나타났을 때 무림의 수많은 문파가 제황병을 가지고 있다는 소문만으로 멸문을 했고 죽어나갔다. 당시 얼마나 많은 사람이 죽었으면 제황병의 난이라는 말까지 쓸 정도였다.

그 다음 제황병이 나타났을 때는 제황병의 행방이 빨리 사라지는 바람에 피해는 적었지만 몇몇 문파가 멸문하는 것은 피하지 못했었다.

그러나 이번 제황병으로 인해 벌어진 천독곡의 혈겁은 두 사건보다 더 큰 인명 피해를 야기했다.

그럼에도 무림 전체적으로는 조용한 것은 정파와 마도의 피해가 거의 없었기 때문이었다.

천존마성이 왜 소수의 무사만 보냈는지는 알 수 없었지만 정파는 무림맹에서 적극적으로 막은 덕이었다.

그런데 혈겁이 일어난 지 얼마나 됐다고 또 제황병이란 말인가⋯⋯

"도대체 그런 소문을 낸 자가 누구란 말이오?"

"지금 조사 중입니다."

"그렇게 천하에 혼란을 야기할 소문은 개방에서 이미 조사를 시작했을 텐데 아직도 범인을 찾지 못했다는 말인가?"

수석 장로인 성심상인의 반문에 제갈장우는 죄송하다

는 표정으로 답했다.

"개방의 조사 결과도 보고 받았습니다. 그런데 소문이 동시 다발적으로 났다고 합니다. 본 맹의 조사도 비슷한 결과를 받았습니다."

"그렇다면 한 곳에서 소문이 난 것이 아니라 누군가 계획적으로 소문을 냈다는 말이 아니오?"

팽가의 장로인 팽위방이 심각한 표정으로 물었다.

"지금까지 조사한 바에 따르면 그럴 가능성이 아주 많습니다."

"계획적으로 벌인 소문이라면 군사께서는 그 의도가 뭐라고 생각하시오?"

"이번 소문은 암흑무림을 특정해서 퍼졌습니다. 저는 누군가 암흑무림을 노리는 것은 아닌가 싶습니다."

"만약 제황병을 노리는 자들이 암흑무림을 쳐들어 간다면 천독곡의 혈겁에 준하거나 더 큰 혈겁이 일어날 수도 있지 않겠소?"

"암흑무림의 전력은 천독곡과는 비교가 안 될 정도로 큽니다. 만약 그런 일이 벌어진다면 엄청난 피해가 예상됩니다. 더욱 문제는 지금 암흑무림은 사파의 구심점이 되어 있다는 사실입니다. 암흑무림을 공격한다면 사파 전체가 들고 일어날 수도 있습니다."

혈사련이 멸문한 뒤 사파인들은 불안에 떨 수밖에 없었다. 나쁜 짓만 하는 자들이니 당연히 원수들도 많았다. 그동안 혈사련이라는 무림맹과 맞먹는 거대 사파 세력이 버티고 있어서 노골적으로 사파인을 쫓거나 핍박하는 경우는 별로 없었다. 하지만 이제 모든 화살을 개개인이 직접 맞아야 하는 상황이 된 것이었다.

문파에 속한 사파인들도 불안하기는 마찬가지였다. 혈사련이 있을 때는 감히 시비를 걸 엄두도 못 내던 문파들까지 대놓고 그들을 건드리기 시작했기 때문이었다. 이미 자신들의 구역을 가까운 정파나 마도에게 야금야금 빼앗기고 있는 문파까지 있었다.

결국 그들은 천시하던 암흑무림에 손을 내밀 수밖에 없었다. 혈사련에 밀리고 사파인들에게는 무시당하며 암흑세계라는 지하에 갇혀 지내던 암흑무림이 명실공히 사파의 구원자로 우뚝 선 것이었다.

"도대체 조금 안정이 되어가던 무림을 다시 혼란으로 몰고가려는 자들이 누구란 말이오?"

무림맹의 장로들은 현 상황에 오랫동안 편하게 안주를 해 왔었다. 그래서 전쟁이 일어나는 것을 매우 꺼려했었다.

게다가, 혈사련과의 전쟁으로 많은 수의 자파의 제자들이 희생되면서 더욱 전쟁은 해서는 안 된다는 생각을 품고 있었다.

 대무신가가 마교의 후신이라는 것도 아직 증명이 된 것이 없으니 지금처럼 조용히만 있으면 대무신가도 더 이상 건드리지 말자고 주장하는 장로까지 있을 정도였다.

 "조사 중입니다."

 답하는 제갈장우의 표정은 편치 않았다. 무림의 정의를 지켜야 할 정파의 장로들이 자꾸 현실에만 안주하려고 하고 되도록 시비에 휩쓸리는 것을 피하려하고 있다는 것을 느껴서였다.

 사실 이번에 군산의 한 지역을 통제 감시해야 한다고 했을 때도 의견이 반분되어 첨예하게 대립을 했었다. 결국 하후광적이 무림맹주의 권한으로 허락을 했지만 제갈장우는 현재 무림맹의 상황이 매우 심각하다는 생각이 더 커져 있었다.

 "어찌 됐건 더 이상의 혼란이나 혈겁은 있어서는 안 됩니다. 군사께서 책임을 지고 이번 일이 큰일로 번지는 것을 막아 주셔야겠습니다."

 대문파는 아니지만 중소 문파에 상당한 영향력을 지닌 소요문의 장로 익성환의 말에 제갈장우는 대답 없이 알겠다는 듯 고개만 끄덕였다.

＊ ＊ ＊

 제황병에 대한 소문으로 심각한 곳은 또 있었다.
 "독심마유 너는 이번 소문에 대해 어떻게 생각하고 있느냐?"
 만겁마종의 질문에 독심마유는 이미 대답을 생각하고 왔는지 즉시 답했다.
 "이번 소문이 퍼지는 상황을 보면 누군가 의도적으로 퍼뜨린 것은 분명합니다."
 "의도적이라면 누가 어떤 의도를 가지고 퍼뜨렸다고 보는 것이냐?"
 "그것은 저도 아직은 파악하지 못했습니다. 하나 이번 소문이 노리는 곳은 암흑무림입니다. 본 성은 소문에 신경 쓸 필요없이 어떤 일이 벌어지는지 구경만 하면 된다고 생각합니다."
 "독심마유! 제황병이 오르내리고 있다. 그런데 어찌 신경을 쓰지 않고 구경만 하라는 것인가?"
 호법인 자전신마가 독심마유가 영 못미더운지 또 질책하듯 소리쳤다.
 "제가 천독곡도 끼어들지 말자고 했습니다. 그 이유가 무엇이었겠습니까? 전 제황병이 실지로 존재하고 있는지조차 의심하고 있습니다. 그건, 지금도 마찬가지라고 생각합니다."

독심마유의 반박에 서슬퍼렇던 자전신마도 즉답을 하지 못했다. 천독곡에 무력단을 보내야 한다고 주장했던 그는 독심마유가 천독곡으로 소수의 제자만 보내어 상황만 지켜보아야 한다고 주장하자 매우 심하게 그를 닦달했었다.

하지만 만겁마종이 그의 손을 들어주었고 결과적으로 혈겁에 휩쓸리지 않고 적은 피해만 입으면서 그의 체면이 크게 손상이 된 적이 있었다.

"그렇다면 이번에도 제황병이 나타났다는 것이 거짓 소문이라고 본다는 것이냐?"

"다시 말하지만 누군가 암흑무림을 노리고 있습니다. 암흑무림은 홍항의 밀수품과 마약의 움직임에 깊히 관여를 하면서 본 성의 심기를 계속 건드려왔습니다. 누구의 짓인지는 모르지만 전 이번 소문의 결과가 어떻게 되건 본 성에는 전혀 나쁠 것이 없다는 말을 하는 것입니다."

거짓 소문이건 아니건 그것은 핵심 사안이 아니라는 의미였다.

"독심마유의 말대로 제황병은 우선 잊어라. 지금 우리에게 급한 것은 홍항에서 본 성의 권위를 흔들려고 했던 놈들을 소탕하는 것이 먼저다. 이번 기회에 마약상이나 염상들까지 모조리 손을 본다. 광동과 광서의 주인이 누구인지를 놈들에게 확실하게 각인시켜라."

만겹마종의 결정이 떨어진 이상 누구도 제황병에 대해서는 더 이상 입을 열 수 없었다.

만겹마종의 입가에 미소가 떠오르는 것을 보아 그는 독심마유의 판단이 아주 마음에 든 듯 했다.

* * *

무림맹과 천존마성은 소문의 대한 의도와 그에 따른 혼란을 걱정하는 회의였지만 또 다른 곳은 상황이 달랐다.

바로 소문의 당사자인 암흑무림이었다.

"소문을 낸 놈들이 누군지는 알아보고 있느냐?"

"전혀 단서가 나오지 않고 있습니다. 무림맹과 개방 그리고 천의문에서도 소문의 근원지를 지금 추적하고 있다는 정보는 들어왔지만 그들 역시 알아낸 것은 전혀 없다고 합니다."

"소문을 내는 데 개방만큼 잘하는 곳도 없지만 소문의 근원지 역시 개방이 가장 잘 찾지 않느냐? 그런데도 못 찾는다는 것은 실체가 없기 때문인 것 아니냐?"

"우선 소문의 근원지를 찾는 것보다 제황병에 눈이 먼 놈들이 암흑세계를 찾아다닌다는 것이 더 문제입니다. 이미 몇 군데 암흑세계는 놈들에게 발견되어 상당한 다툼이 있었다고 합니다."

암흑지마황은 검미를 잔뜩 찌뿌린 채 잠시 생각하더니 군사인 망혼귀계를 보며 물었다.

"하필 지금 그것도 제황병을 본 림에서 가지고 있다는 소문이 퍼진 이유가 뭐라고 생각하느냐?"

"본 림에 원한이 있거나 뭔가 원하는 것이 있는 자가 벌인 일인 것은 확실합니다. 전 대무신가의 짓이 아닐까 생각하고 있습니다."

망혼귀계의 말에 암흑지마황의 표정은 더욱 일그러졌다. 하지만 아직 암흑지마황와 대무신가의 관계를 모르는 망혼귀계로서는 상황상 대무신가가 가장 유력한 용의자라고 판단할 수밖에 없었다.

"왜 대무신가라고 생각한거냐?"

"적대하는 세력 간에 서로를 음해하는 소문을 퍼뜨리는 것은 흔한 전략입니다. 하지만 그 전략이 제대로 통하지 않는 이유는 소문에 대한 신빙성이 부족하기 때문입니다. 또한 상대의 기민한 반응도 이유가 되겠지요. 그런데 이번 소문은 없는 신빙성을 있도록 만들고 있으며 저희가 소문을 차단할 여유조차 주지 않고 순식간에 천하로 퍼져 버렸습니다. 저는 무림맹이나 대무신가 정도의 세력을 가지지 않고는 불가능하다고 판단했습니다."

"그렇다면 무림맹의 짓일 수도 있지 않느냐?"

"무림맹은 무림의 혼란을 원하지 않습니다. 그리고 그런 소문을 낼 이유도 없습니다. 하지만 대무신가는 본 림과 여러 차례 싸우면서 원한도 있고 여러 사안에서 저희들과 대척점에 있는 경우도 많았습니다."

"대무신가는 아니다. 다른 쪽을 추측해 봐라."

망혼귀계의 논리는 틀린 것이 없었다. 하지만 대무신가는 절대 아니라는 것을 그는 알고 있으니 받아들일 수 없었다.

"그렇다면 유력한 곳은 두 곳만 남습니다."

"어디 어디냐?"

"천의문과 천존마성입니다."

"천의문도 소문의 근원을 찾고 있다고 하지 않았느냐?"

"찾는 척하는 것은 아주 쉬운 일입니다."

"두 곳을 특정한 이유를 말해 봐라."

"천존마성은 본 림이 홍항을 통해 들어오는 밀수품들과 마약들에 깊이 관여하고 있음을 눈치채고 있었습니다. 본 림을 음해할 이유는 충분합니다. 다만, 그들의 세력은 동남쪽에 치우쳐 있어서 이렇게 빠르게 소문을 퍼뜨릴 수 있는 능력이 있는지는 좀 의심스럽습니다."

"그럼 천의문이라는 말이구나?"

"창룡은 상식도 통하지 않고 계책도 꾸미지 못할 정도로 행동에 일관성이 없습니다. 이곳에 나타났다 보고 받았는데 어느새 다른 곳에 나타난 적도 여러 번 있었습니다. 혈사련을 멸문시킬 때도 그런 식의 기습을 하리라고는 아무도 예상을 못 했을 것입니다. 천의문이 그럴 이유를 찾지는 못했지만 그의 예상치 못한 행동 유형으로 볼 때 가능성은 있다고 봅니다."

'설마, 이놈이 눈치를……'

암흑지마황의 표정이 심각하게 굳어갔다.

"아무리 예상이 안 되는 놈이라고 해도 어느 정도 이유는 있어야 하지 않느냐? 거기다 분명 본 림은 건드리는 일이 없을 거라고 약속까지 했다. 정파인 놈이 그 정도 명성까지 얻었는데 약속을 어기겠느냐?"

"저도 그래서 천의문은 제외했었습니다. 하지만 대무신가를 제외했을 때 가장 유력한 곳은 천의문밖에 없어서 말씀드린 것입니다."

"우선 본 림은 제황병을 본 적도 없다는 것을 공표해라."

"림주님, 그런 공표를 한다면 저희가 겁을 먹었다고 조롱을 할 것입니다. 거기다 정파 놈들 특성상 증명하라고 할 텐데 없다는 것을 증명을 어찌하겠습니까?"

장로인 마검지괴가 반대 의견을 말하자 또 다른 장로인 쌍부혈마도 부언했다.

"맞습니다. 더욱이 지금 사파의 종주로 완전히 자리를 잡고 있는 중인데 그런 헛소문에 공표까지 하며 부인을 한다면 사파인들의 신뢰를 잃을 수도 있습니다."

'으드득! 드디어 중원 총 책임자가 되어 뭔가를 보여 줘야 할 때인데 이런 생각지도 못한 변수를 만나다니……'

암흑지마황은 이를 바드득 갈았다. 소문을 낸 놈을 잡는다면 당장 가죽을 벗기고 뼈를 발라 버리고 싶을 정도였다.

하지만 전혀 예상치 못한 상황에서 당한 일인지라 대응조차 불협화음이 일어나고 있었다.

"망혼귀계!"

"예! 림주님."

"이번 문제는 네게 전적으로 맡길 것이니 본 림에 피해가 없도록 최선을 다해 대응을 하도록 해라."

"존명!"

"수석호법들만 남고 모두 나가 봐라."

"예!"

모두가 나가자 암흑쌍수가 암흑지마황에게 다가가더니 조심스럽게 말했다.

"림주님, 천의문에서 뭔가 눈치를 챈 것은 아닐까요?"

"나도 잠깐 그런 생각이 들었지만 내 측근들도 모르는 것을 그놈이 알 방법이 없지 않느냐?"

"가주님께서 서찰에 창룡은 상식적으로 판단하지 말라고 직접 쓰셨습니다. 그만큼 놀라운 놈이라는 게 아니겠습니까?"

"그럼 창룡이 본 림을 노리고 있단 말이냐?"

"확실하지는 않지만 그럴 경우까지 염두에 두고 대비책을 경구해야 하지 않을까 싶습니다. 그리고 림주님."

"말해라."

"암혼귀계는 본 림의 머리입니다. 그는 알아야 재대로 된 계책을 세울 수 있지 않겠습니까?"

"암혼귀계 같은 군사를 구하기는 매우 어렵다. 다른 놈들은 기회주의적인데가 있어서 잘 설득하면 따르겠지만 암혼귀계는 자신이 중원인이라는 데 자부심이 크다. 만약 말했다가 받아들이지 않을 경우 제거해야 하는데 너무 아깝지 않느냐?

"그럼 제가 슬쩍 운을 한 번 떼 보겠습니다."

"해 봐라. 단 너무 단도직입적으로 하지는 마라."

"알겠습니다."

"넌 암흑원으로 가서 원주에게 지금 상황을 설명하고 언제라도 암흑원이 움직일 수 있도록 만반의 준비를 하라고 해라. 만약 창룡이 우리를 노리는 거라면 혈사련 같이 어이없이 당할 수는 없지 않겠느냐?"

"당장 가서 말씀드리겠습니다."

암흑쌍수가 나가자 암흑지마황은 깊은 고뇌에 들어갔다.

총가에서는 대무신가의 정예들로만 이루어진 핵심 지가 세 곳이 창룡에 의해 멸문을 당한 것으로 판단하고 있었다.

세 지가는 암흑무림 전체의 전력보다는 떨어진다 해도 그렇게 쉽게 당해서는 안 될 곳이었다. 거기다 사공무경이 공을 들여 만든 사대 금지 구역 역시 창룡에 의해 멸문했다면 암흑무림이라고 마음을 놓을 수 있는 상황이 절대 아니었다.

대무신가에서는 사공무경의 행사에 대해 불만을 갖거나 심지어 의문을 표하는 것조차 금기시 되고 있었다. 신은 완벽하다는 그들의 믿음 때문이었다.

하지만 사공무결은 너무 오랫동안 대무신가를 떠나 있었고 다른 곳과는 달리 사파라는 의심 많은 자들을 이끈 때문인지 약간의 의구심을 가지고 있었다.

그중 가장 의아하게 생각하는 것이 당장이라도 무림을 정복할 수 있는 전력을 가지고 있으면서도 왜 대계라고 말하는 계획을 실행하지 않는지였다.

그리고 사대 금지 구역과 세 지가의 멸문을 보자 더욱 아쉽다는 생각을 했었다.

그는 곧 머리를 좌우로 흔들었다.

'왜 자꾸 이런 불경한 생각을 하는 거야.'

그는 급히 생각을 바꿨다.

* * *

"암흑무림에 제황병이 있다는 소문이 급속도로 퍼지고 있다고?"

"예, 아무래도 누군가 암흑무림을 노리고 있는 것 같습니다."

"역시 대단한 놈이야. 아주 재미있어. 내가 이 나이에 이런 짜릿함을 느끼게 될 줄은 정말 몰랐어."

모든 세력이 소문을 낸 자가 누구인지를 가지고 설왕설래를 하고 있었지만 사공무경은 생각할 필요도 없다는 듯 진무성의 짓이라고 확신했다.

"누구를 말씀하시는 지요?"

"누군 누구냐? 창룡이지."

사공무경의 말에 사공무일이 조심스럽게 물었다.

"정운 군사도 아직 범인의 윤곽을 잡지 못하고 있는데 가주님께서는 어떻게 듣자마자 창룡이 범인이라는 것을 아십니까?"

사공무일의 질문에 사공무경은 딱하다는 듯 쳐다보고는 그의 질문에는 답할 가치도 없다는 듯 정운을 보며 말했다.

"지금 부식의 보급은 원활하느냐?"

"보급선은 아예 통행이 금지 되었고 저희에게 고기를 팔던 어부들도 모두 소개가 되어 현재 보급은 전혀 안 되고 있습니다."

"놈이 총가에 대한 공격을 미루고 본 가의 외곽부터 정리할 생각인 것 같다. 모든 지가에 연락해 본거지를 안가로 옮기라고 해라. 그리고 사공무결에게는 창룡에게 대화를 신청하라고 해라."

"창룡이 소문을 낸 주범이라면 대화를 하겠습니까?"

"창룡 역시 추측일 뿐 암흑무림과 본 가의 관계를 정확하게 알고 있지는 못할 것이다. 확실하게 알기 위해서라도 대화를 요청하면 받아들일 공산이 크다."

"어떤 식으로 대화를 요청하라고 할까요?"

"사공무결이 정한다면 당연히 의심을 할 것이니 창룡에게 일임하고 시간과 장소 모두 원하는 대로 하겠다고 해라. 그럼 아마 스스로 암흑무림의 총단으로 가겠다고 할게다."

"스스로 범의 아가리에 들어가는 꼴이 될 수도 있음을 알텐데 그럴까요?"

"암흑무림이 진짜 본 가와 연관이 있는지 없는지를 알려면 입안으로 들어가는 수밖에 없지 않느냐? 만약 내 예상과 다르게 자신에게 유리한 장소로 사공무결을 부른다면 아직 자신이 부족하다는 것을 자인하는 것이니 우리에게 나쁠 것은 없을 것이다."

"지금 연락을 하겠습니다."

"사공무송에게도 연락해라. 창룡을 천하상단으로 초대하라고 해라."

"사공 림주님은 만남을 요청하고 사공총수님은 창룡을 초대한다면 거의 동시에 창룡을 만나자고 하는 것인데 굳이 그럴 필요가 있겠습니까?"

"창룡이 본 가에 대해서 어느 정도까지 아는지를 알아봐야겠다. 천하상단의 초대를 거절하고 사공무결을 만난다면 암흑무림만 의심하는 것이고 사공무결의 요청을 거절하고 천하상단으로 간다면 천하상단을 의심하고 있는 것이다."

"만약 두 곳의 요청을 전부 받아들일 수도 있지 않겠습니까?"

"그렇다면 두 곳을 모두 의심한다는 의미겠지. 만약 그렇다면 본 가의 하부 조직에 대한 전면적인 개편에 들어가야 할 것이다."

"알겠습니다."

정운이 나가자 사공무경은 머쓱한 표정으로 고개를 숙이고 있는 사공무일을 보며 물었다.

"창룡이 범인이라는 것을 어떻게 알았냐고 물었느냐?"

"아? 예!"

"창룡밖에 그럴 놈이 없기 때문이다. 됐느냐?"

"그럼 사공무결과 사공무송의 초대를 승낙하면 의심한다는 것은 왜 그런 것인지요?"

"넌 나이가 들어도 그 눈치없고 궁금한 것을 못 참는 버릇은 고치지를 못하는구나?"

"죄송합니다."

사공무일은 어려서부터 궁금한 것은 반드시 물어야 직성이 풀렸다. 그의 머리가 나쁜 것은 아니었다. 머리가 나쁘다면 사공무경이 가장 중요시하는 초인동의 동주를 맡길 리 없었다.

 그가 묻는 질문은 대부분 모두가 가지고 있는 의문이었다. 다만 그와 같이 묻지를 못할 뿐이었다.

 질문을 싫어하는 사공무경도 이상하게 사공무일에게만은 상당히 너그러웠다.

 그의 충성심을 인정하기 때문이었다.

 "의심을 하면 그 의심을 확인하려고 할 것이 아니냐? 창룡 그놈은 다른 것은 예상이 되지 않지만 한 가지 원칙만은 꼭 지켰다. 짐작만으로 누구를 공격하지는 않는다는 것이다. 암흑무림이나 천하상단 모두 의심을 하고 있지만 아직 확신을 못하기 때문에 그런 소문까지 내며 확인을 하려고 하는 것이다."

 "암흑무림은 의심한다 쳐도 천하상단은 의심할 이유가 무엇이 있겠습니까?"

 "의심하려고 하면 의심스러운 것이 한두 가지가 아니지. 내가 생각할 수 있는 것이면 창룡도 생각할 수 있다는 가정하에 모든 것을 추론해야 할 것이다."

* * *

 군림맹 최고 간부 회의.

이름은 거창하지만 만나는 사람은 언제나처럼 네 명뿐이었다.

"단목 형, 아주 큰 일을 했어. 봉쇄에 반대하는 사람들이 꽤 많았다고 들었는데?"

"미안하지만 내가 한 것은 거의 없다. 맹주님께서 전폭적으로 믿어 주신 덕분에 가능했다."

"그러니까 단목 형 덕인 거지. 맹주님께서 단목 형이 아니었다면 그렇게 믿어 주셨겠어?"

"진 맹주, 제황병에 대한 소문 들었지?"

곽청비가 참지 못하고 먼저 입을 열었다.

"당연히 들었지."

"지금 무림이 그 문제로 시끌시끌하던데 진 맹주 생각은 어때?"

"무슨 의미야?"

"누군가 암흑무림을 노린다는 얘기가 돌고 있지만 그 소문을 진짜로 믿는 사람도 꽤 많은 것 같더라고. 진 맹주는 누군가 암흑무림을 노린다는 얘기에 대해 어떻게 생각해?"

"난 그들의 추측이 맞다고 생각한다."

"누군가 암흑무림을 노린다는 말이네?"

"그럼 진 맹주는 누가 그런다고 생각해? 아무리 생각해도 그럴 만한 세력을 찾을 수가 없더라고."

백리령하의 말에 진무성은 미소를 지으며 말했다.

"의심스러운 세력을 배제하고 추측을 하려니까 찾지 못하는 것은 당연하지."

"그게 무슨 소리야?"

"그런 소문을 낼 수 있는 세력은 무림에 몇 곳 없다는 사실은 알고 있지?"

"소문이 퍼지는 속도나 개방조차 소문의 근원지를 찾지 못하는 것이나 여간한 세력으로는 불가능한 일들이 많이 일어나긴 했지."

"그럼 어떤 세력들이 그런 일을 할 수 있을까?"

진무성의 반문에 모두는 서로를 한 번 보더니 단목환이 먼저 답했다.

"우선 무림맹은 당연히 그럴 수 있는 힘을 가지고 있다고 해야겠지?"

"천존마성도 가능할 거고……."

"대무신가 역시 의심스럽지만 의도를 모르겠단 말이야."

세 명이 하나씩 가능한 세력을 말하자 진무성이 다시 물었다.

"그 외에는 없을까?"

"글쎄, 우리 생각으로는 더 이상은 없는 것 같은데?"

"그러니까 한 군데가 또 있는데 그것을 무의식적으로 배제하고 있잖아?"

그제야 세 명의 눈이 커졌다.

"진 형?"

"진 맹주!"

"천의문?"

동시에 셋이 외치자 진무성은 맞았다는 듯 고개를 끄덕이며 답했다.

"역시 내 친구들 답게 똑똑해. 맞았어. 나를 빼놓으니까 답이 안 나오는 거야."

"그럼 이 일을 진 형이 벌였다는 거야?"

"벌였다기보다는 계획을 조금 바꿨다고 하는 것이 맞겠지. 너희들에게 말해 주려고 했는데 급한 상황에서 하필 모두 외유를 가서 말할 기회가 없었다."

백리령하는 어안이 벙벙한 표정으로 반문했다.

"왜 그랬는데?"

7장

 백리령하의 질문에 진무성은 미소를 지으며 당연하다는 듯 답했다.
 "암흑무림과 대무신가가 한통속이라는 정황을 발견했거든."
 "증거가 아니고 정황?"
 "증거를 잡았다면 굳이 제황병으로 소문을 내는 소모적인 일을 할 필요가 있을까? 그리고 증거나 정황이나 어차피 나한테는 큰 의미가 없어. 내 계획에는 처음부터 암흑무림을 제거하는 것이 들어 있었으니까."
 "암흑무림을 없애려면 또다시 큰 전쟁을 벌이겠다는 말인데 어르신들이 찬성할까?"

단목환의 말에 진무성도 예상하고 있다는 듯 받았다.

"그래서 제황병을 이용한 거야. 무림인들을 자극시키는 데는 제황병만 한 것이 없잖아?"

어찌 보면 정파인이 내뱉었다 보기 어려울 정도로 냉정한 그의 대답에 셋의 표정은 굳어졌다.

곽청비는 상당히 예민하게 반응했다.

"진 맹주는 지금 자신의 계획을 성공시키기 위해 무림인들을 기만하는 것이나 마찬가지의 일을 너무 당연한 듯이 말하고 있는 거 알아? 만약 정파에서 이 사실을 알게 되면 또다시 시끄러워질 거야."

진무성을 배척하는 자들은 또다시 진무성의 정체성을 거론하며 비난할 것이 뻔하다는 의미였다.

이미 정파의 절대자 중 한 명으로 인정받고 있는 진무성이 정파가 아닐지도 모른다는 이야기가 퍼진다면 그 자체로 무림에 혼란을 야기할 수도 있었다.

이미 진무성의 말, 행동 하나에 천하가 술렁거릴 정도의 영향력을 가졌다는 방증이기도 했다.

"글쎄, 나는 기만이 아니라 책략이라고 말하고 싶은데? 암흑무림은 무림의 악의 온상 같은 곳이었어. 그래서 혈사련을 없애고 나면 다음 차례는 암흑무림이라 생각해 처음부터 제거할 계획을 짠 거야. 그런데 대무신가와 한편이라는 의심스러운 정황까지 생겼으니 명분이 아주 그럴싸하지 않아?"

"혈사련을 없애고 더 이상의 혈겁은 없을 것이라고 공언했었잖아? 암흑무림에게도 건드리지 않을 것이라고 약속한 것으로 아는데?"

단목환은 의아한 표정으로 물었다. 그의 성정상 약속을 한 사안을 이렇게 빨리 뒤집는다는 것은 있을 수 없는 일이기 때문이었다.

"약속? 설 군사도 그 말을 하던데, 건드리지 않는다는 약속이 공격을 하지 않는다는 의미가 되나? 그리고 당장의 안정을 위해 적끼리도 합종연횡(合從連衡)을 하는 경우는 많아. 혈사련을 없애고 사파인들이 두려움으로 무슨 짓을 벌일지 알 수 없는 상황에서 암흑무림을 달래는 것은 필요한 일이었다."

"당시 상황 때문에 어쩔 수 없어서라고 해도 약속은 약속이잖아?"

단목환의 반문에 진무성은 냉정한 목소리로 반박을 했다.

"사파나 마도는 약속을 박 먹듯이 어기는데 단목 형은 왜 정파는 약속이라는 규약에 목매어 반드시 그것을 지켜야 한다는 생각해?"

"그게 바로 정파니까?"

"사필귀정(事必歸正)이란 말은 모두 알 거야. 정파인들이 상황이 불리해지면 만병통치약처럼 꺼내 드는 말이니 모르면 더 이상한 거지?"

"갑자기 그 말은 왜 하는 건데?"

"모든 만사는 결국 바른 길로 돌아간다. 의미는 약간은 도가적이지만 정파인들은 아무리 마와 사가 득세를 해도 결국은 정의가 이긴다는 의미로 많이 사용하지."

"……."

의미를 파악하지 못한 셋이 답없이 그를 보고만 있자 진무성은 말을 이어 갔다.

"그런데 그동안의 무림사를 보거나 현재에도 벌어지는 상황을 보면 그 말이 정말 맞는 것인가 하는 의구심은 안 들어?"

"난 그 말이 맞다고 생각한다."

역시 가장 올곧은 성격을 지닌 단목환이 가장 먼저 자신 있게 말했다. 그는 정의는 반드시 승리한다는 염원에 가까운 말을 진리로 받아들이고 있었다.

그럴 줄 알았다는 듯, 고개를 끄덕인 진무성은 시선을 백리령하와 곽청비에게 보냈다.

"너희 둘도 단목 형과 같은 생각이야?"

하나, 뜻밖에도 그렇다고 할 것 같던, 아니 그래야만 하는 그녀들임에도 즉답을 하지 못했다.

"답을 곧장 하지 못하는 것을 보니 그 말에 전적으로 동의는 못하는 것 같네?"

"동의를 못한다기보다 현실에서 보이는 것은 언제나 그렇지는 않다는 생각도 좀 들긴 해."

"맞아! 그래서 검각에서도 힘이 없는 정의는 정의가 아니라는 말을 자주 해."

"맞다. 사필귀정은 한 마디로 실체가 없는 허황된 말이라는 것이 내 생각이다. 정과 마는 역사적으로 엎치락뒤치락을 한 적은 있어도 어느 한쪽이 일방적으로 다른 쪽을 제압한 적은 없었다. 그저 서로 바꿔 가면서 정이 성했다가 마가 성하는 윤회 같은 반복을 계속해 왔어. 하지만 병법적으로 보면 이게 아주 이상한 현상이라는 것을 생각해 봤어?"

"무슨 의미야?"

"정파는 수백 년이 넘는 역사를 지닌 문파들이 여럿 존재해. 하지만 사파는 마도는 백 년을 넘어갈 정도로 존속하는 문파가 하나도 없어. 이유가 뭘까?"

"그야 좀 힘이 생겼다 싶으면 반란을 일으켜 수장을 죽이고 툭하면 배신을 하여 자신만의 문파를 세우는 사파와는 달리 정파는 전통을 지키고 어른을 공경하고 공사 간의 균형을 완벽하게 잡으니까 당연한 것 아니야?"

"맞다. 거기에 하나 덧붙인다면 정파는 공통의 적이 나타나면 서로 반목하던 문파라 해도 같이 힘을 합쳐 적을 상대하지. 그런데 사파나 마도는 서로를 믿지 못해 단결을 할 수도 없어. 적과 싸우는 와중에도 아군의 뒤통수를 치는 일은 매우 비일비재하니까 말이야. 그런데 단결이 잘되는 정파가 배신으로 점철되어 분란만 일으키는 사파를 왜 확실하게 제압을 하지 못하고 이겼다 졌다를 반복할까?"

모두는 진무성의 반문에 답을 하지 못했다. 그의 말대로 전력의 차가 극심하게 벌어지지 않은 이상 언제나 승리는 정파여야 했지만 현실은 그렇지 않았기 때문이었다.

"전쟁에는 여러 변수가 많다. 이론대로 승자가 정해진다면 누구도 전쟁을 하지 못할 거야?"

"아무런 계획도 없이 무작정 달려드는 적이 병법을 적재적소에 정확하게 사용하는 상대를 이길 수는 없다. 만약 이긴다면 그 이유가 뭔지를 찾고 해결해야 한다는 것이 내 생각이다."

"진 형은 그 이유를 알았다는 말처럼 들리네?"

"사필귀정은 그냥 저절로 되는 것이 아니야. 바른 길을 막는 자들은 제거하지 않는다면 사필귀정은 영원히 달성할 수 없다는 것이 내 생각이다."

진무성의 말에 일리가 있다고 생각한 듯 모두는 또다시 반박을 하지 못했다.

그러자 진무성이 결론을 내듯이 단호하게 말했다.

"정파가 승리하지 못하는 가장 큰 이유가 바로, 적을 상대하면서 명분을 따지고, 비겁해서도 안 되고, 잔인하면 정파가 아닐 수도 있다는 의심을 한다는 점이야. 심지어 아군이 그들에 의해 죽은 것을 보고서도 막상 그들이 몰락하면 불쌍해서 한 번은 봐주자는 생각까지 하는 정파인이 있을 정도야. 즉, 이겨도 그들이 다시 부활할 기회를 주기 때문에 정파는 절대 완벽하게 승리하지 못한다는 말이다."

단목환은 진무성의 말이 궤변이라고 반박하고 싶었지만 타당성도 있어서인지 어느 대목에서 어떻게 반박을 해야 할지를 찾을 수 없었다.

모두가 심각한 표정을 짓는 것을 본 진무성은 다시 말을 이어 갔다.

"약속이니 명분이니 그런 것에 억매여 없앨 자들을 두고 본다면 그것은 정파인의 자부심이 아니라 정파인들의 본연의 역할을 유기(遺棄)한 것이라고 생각한다. 그래서 나는 그런 우를 범하지 않으려고 하는 것뿐이다."

진무성이 언제나 말하는 그만의 방식을 고수하는 이유였다.

정파의 절대자로 이미 불리고 있는 자가 다음 대 정파의 절대자가 될 사람들에게 한 말이라고 보기에는 너무 과격한 말이기도 했다.

"암흑무림은 혈사련과 좀 다르다. 혈사련은 그들과 세력권이 붙어 있는 정파들을 계속 위협했고 실지로 시비를 건 경우도 많았다. 정파에게는 분란의 핵심이었지만 암흑무림은 암흑세계에서는 어떤 짓을 저지르는지 모르지만 지상에서는 그렇게 눈에 띌 정도로 악행은 저지르지 않았다. 암흑무림을 없애려고 한다면 혈사련 때와는 달리 돕겠다는 문파가 현저히 적을 수밖에 없을 거다."

"그럼 너희는 어쩔건데?"

"우리 셋?"

"그래. 난 무림맹도 검각도 천외천궁도 도움을 안 줘도 상관없다. 너희들 셋만 나를 돕는다면 그것으로 만족할 수 있다."

오로지 친구만 있으면 무엇이든 다 할 수 있을 것 같은 표정으로 말하는 진무성의 말에 모두는 감동을 한 듯 말했다.

"당연히 우리 셋은 너를 도울 거다. 그게 바로 친구 아니겠어?"

"죽을 때는 같이 죽는 거지, 뭐!"

곽청비도 죽음 따위는 겁나지 않는다는 듯 말하자 진무성은 일어서더니 그들을 향해 포권을 하며 말했다.

"이렇게 친구가 있다는 것이 힘이 될 줄은 몰랐다. 너희와 친구가 된 것은 내게 큰 행운이라고 본다."

"우리 역시 진 형과 친구가 된 것이 자랑스럽다."

대화가 이상한 데로 흐르는 듯했지만 진무성의 우정 어린 부탁에 상황은 다시 우애롭게 변했다.

하지만 그들은 모르는 것이 있었다. 그들이 진무성을 도우면 무림맹과 천외천궁 그리고 검각까지 진무성을 도울 수밖에 없다는 사실이었다.

진무성이 그것까지 염두에 두고 대화를 그렇게 이끌어 간 것인지는 그 외에는 누구도 알 길이 없었다.

"그럼 이제 어쩔 생각인데?"

백리령하도 진무성의 마음을 바꾸는 것은 어렵다고 판단한 듯 우선 그의 계획을 들어 보기로 했다.

"우선은 그들이 어떻게 대응하는지 두고 볼 생각이다. 만약 그들이 소문은 사실이 아니라고 공표를 한다면 당장 암흑무림을 공격할 명분은 사라지지만 사파인들의 구심점이 되어 사파를 잠식하려던 그들의 계획 역시 포기하게 될 거야."

"공표를 안 한다면?"

"공표를 하지 않을 확률이 더 크니까 다른 방법을 택하겠지. 그들도 머리가 있다면 이번 소문의 진원지가 나라고 판단했을 수도 있어. 난 암흑지마황이 만나자고 연락을 보내지 않을까 생각하고 있다."

"연락을 보내면 만나 줄 거야?"

"그것 역시 상황을 보고 판단해야겠지. 하지만 어떤 상황이건 그들이 제황병을 쫓는 자들을 죽이기만 하면 난 공격할 생각이다."

한 마디로 암흑무림이 어떤 수단과 방법을 다 동원한다 해도 암흑무림은 없앨 것이라는 그의 단호한 결정을 느낄 수 있었다.

"진무성."

단목환의 부름에 진무성은 옅은 미소를 지으며 그를 쳐다보았다.

언제나 진 형이라고 호칭하며 말을 놓은 상황에서도 어느 정도는 예의를 차리던 그가 이름을 직접 불렀다는 것은 뭔가 자신의 의견을 확실하게 말하기 위함이었다.

"말해."

"암흑무림의 전력이 얼마나 되는지는 아무도 모른다. 혈사련보다 더 강하다는 말도 있어."

"안다."

"나는 네가 어떤 일을 벌이더라도 네 곁을 지킬 생각이지만 다른 문파를 끌어들이는 것은 매우 어려울 수 있다. 잘못하면 천의문과 군림맹의 모든 것을 잃을 수도 있다는 것 정도는 알고 있는 거냐?"

"최악의 경우에도 그런 일은 없을 거다. 이미 난 여러 차례 시행착오를 했다. 어떤 전쟁도 생각대로 흘러가지는 않는다는 것도 이젠 확실하게 안다. 그래서 같은 실수를 반복하는 일은 없을 게다."

모두는 말하는 진무성의 몸 주위에서 진정한 절대자로서의 풍모를 느낄 수 있는 후광이 떠오르는 것 같은 착각을 느꼈다.

"지금까지 너를 믿었다. 이번에도 난 너를 믿을 거다."

"나 역시 한 번 친구는 영원한 친구라고 생각한다."

"까짓 것 죽기밖에 더 하겠어?"

진무성의 뜻을 따르기로 결심하는 그들을 보며 진무성의 입가에는 고마움의 미소가 살짝 그려졌다.

* * *

 암흑무림이 제황병을 가지고 있다는 소문은 갈수록 구체화되더니 급기야 암흑무림의 무인으로 보이는 자들이 제황병을 암흑무림 총단으로 옮기는 것을 보았다는 사람까지 나타났다.
 물론 보았다는 사람이 정확히 누구인지는 밝혀지지 않았다.
 소문이 일파만파 급속도로 퍼지는 와중에도 암흑무림에서 전혀 대응을 하지 않자 소문은 점점 사실로 굳어졌다.
 제황병을 차지하기 위해 대무신가를 찾던 자들까지 암흑무림으로 목표를 바꾸자 긴가민가하던 자들까지 제황병 추적에 나서기 시작했다.
 사공무경의 명에 따라 빨리 흐트러진 중원의 조직망을 정비해야 하는 암흑지마황으로서는 생각지 못한 복병을 만난 셈이었다.
 암흑무림의 암흑 자만 들려도 무림인들이 따라붙으니 이젠 모두 변복을 하고 숨어 다녀야 할 정도가 된 것이다.
 "망혼귀계."
 "예!"

"지금 이대로 보고만 있을 것이냐?"

암흑지마황의 호통에 망혼귀계는 머리를 조아리며 조심스럽게 말했다.

"헛소문을 퍼뜨리는 놈들을 몇 놈 죽여서 본보기로 삼으면 소문을 좀 누그뜨릴 수 있었지만 지금은 소문이 너무 퍼져 잠재우기가 어렵습니다. 거기다 혈사련의 멸문 이후 정파의 기세가 너무 올라서 본 림의 말빨도 먹히지가 않고 있습니다."

"그럼 방법이 없다는 것이냐?"

"창룡을 만나 본 림은 제황병을 본 적도 없다는 것을 말씀하시고 소문을 재워 달라고 해 보시는 것 외에는 방법이 없을 것 같습니다."

"지금 나보고 그 애송이에게 가서 사정이라도 하라는 말이냐?"

"창룡이 본 림에 원하는 것이 있다고 들었습니다. 림주님께서 그가 원하는 것을 허락하는 모양새를 갖춘다면 사정이 아니라 거래가 됩니다."

"거래?"

암흑지마황은 찜찜한 표정으로 종화려를 생각했다.

창룡을 직접 만나고 온 그녀는 창룡이 암흑무림에 원하는 것이 있으니 그것을 받아준다면 암흑상단이 천하상인합회에 한 자리를 차지할 수 있도록 도움을 주겠다고 말했다고 했었다.

하지만 그 원하는 것이 무엇인지는 말하지 않았다고도 했다.

그때 종화려의 보고를 들은 암흑지마황은 코웃음을 쳤었다. 원하는 것이 무엇인지는 모르지만 그가 받아들이기 힘든 일이라는 것을 능히 짐작할 수 있었으니까.

쉬운 일이었다면 종화려에게 말을 했을 것이기 때문이었다.

"그놈이 원하는 것이 무엇인지도 모르지 않느냐? 만약 내가 들어줄 수 없는 것을 꺼내면 더욱 관계만 이상해질 수도 있다."

"무엇을 원하든 다 들어준다고 하십시오."

"뭐든 다 들어주라고?"

"제가 이곳으로 오기 직전에 특별한 보고를 하나 받았습니다."

"특별한 보고?"

"예, 암흑상단으로 창룡이 서찰을 보냈다고 합니다."

순간 암흑지마황의 표정이 일그러졌다.

"지금 상황을 이렇게 만들어 놓고 지 놈은 상관없다는 듯 암흑상단에 서찰을 보냈다는 것이냐?"

"아직 소문을 낸 자가 창룡이라는 증거는 없습니다."
"네가 직접 창룡이라고 하지 않았느냐!"
"창룡이 가장 용의점이 많다고 했을 뿐입니다. 밝혀진 것은 아직 없습니다."
"그럼 아닐 수도 있다는 것이냐?"
"군사전에서 창룡이 종화려에게 보낸 서찰의 내용에 대한 분석을 하고 있습니다. 그 분석 결과를 보면 좀 더 명확해질 수 있을 것 같습니다."
"그럼 그놈이 원하는 것을 들어주라고 한 것은 이유가 뭐냐?"
"그놈이 종화려에게 서찰을 보냈다는 것 자체가 본 림과 완전 적이 되는 상황은 피하고 싶어하는 모습이 아닐까 싶었습니다. 그렇다면 림주님을 만난다 해도 도저히 들어줄 수 없는 무리한 요구는 하지 않을 것이라고 사료됩니다."
"그렇다 해도 그놈의 요구는 전폭적으로 수용을 하면서 나는 겨우 소문을 잠재워 달라고 한다는 것은 거래라고 하기에는 너무 밑지는 것 아니냐?"
"그가 본 림을 노리고 있다면 우선 그것을 피하는 것이 급선무라고 생각합니다. 무엇보다 그의 요구를 반드시 들어줄 필요는 없습니다. 잠시 시간을 벌고 소문이 잦아

들면 그때 저희가 먼저 창룡을 쳐야 한다는 것이 제 생각입니다."

"……그놈이 본 림을 노리고 있다고 생각하느냐?"

"소문을 낸 자가 누구인지는 사실 중요하지 않습니다. 사실 전 그동안 창룡이 어떤 생각을 하고 있을까를 계속 유추하고 있었습니다. 창룡은 이미 창귀 시절에 본 림과 척을 진 적이 있었습니다."

망혼귀계의 말에 암흑지마황은 창룡이 처음 무림에 이름을 알리기 시작할 무렵 암흑무림과 사사건건 부딪쳤던 일이 생각이 났다.

"그래…… 그놈이 본 림의 사업을 망쳤었지? 거기다 그놈을 제거하러 갔었던 무력대도 오히려 전멸했었고…… 내가 왜 그걸 잊고 있었을까?"

그는 사실 잊은 적이 없었다.

대무신가를 떠나 진무성을 반드시 죽여 뼈를 갈아먹겠다고 다짐을 했던 그였다. 하지만 지금 그러기에는 진무성이 너무 컸기 때문에 마치 잊은 것처럼 행동을 했을 뿐이었다.

"창룡 그는 혈사련과 본 림을 원수라고 했습니다. 그런데 혈사련을 없앴는데 본 림만 그대로 둘까? 저는 의구심이 들었습니다. 그리고 이번 소문이 도는 것을 보고 창룡이 본 림을 조만간 공격을 하겠구나 하는 판단을 했습니다."

"어차피 창룡과의 전쟁은 피할 수 없을 것이라는 말이렸다?"

"제 판단은 그렇습니다."

잠시 생각하던 암흑지마황은 다시 물었다.

"종화려에게 왔다는 서찰의 분석은 그렇다치고 대충 내용은 알고 있느냐?"

"천하상인협회의 설립을 위해 중원의 상단들에게 초대장을 보냈으니 암흑상단 역시 관심이 있다면 오라는 내용이었습니다."

"초대를 할 거면 그냥 초대를 하면 되지 무슨 잔말이 그렇게 많아?"

"저도 그래서 그의 진의가 무엇인지 분석이 필요하다고 생각한 것입니다."

"쌍부혈마!"

"예!"

"종화려에게 당장 들어오라고 해라."

"알겠습니다."

쌍부혈마가 나가자 암흑지마황은 머리를 태사의에 대며 눈을 감았다. 정청은 정적에 잠겼지만 암흑지마황의 분노 서린 살기가 조금씩 퍼져 나가기 시작했다.

* * *

"지금 상황에서 갑자기 천하상인협회를 정식으로 출범한다니 도대체 무슨 생각을 하는 거야?"

며칠 전 회의에서 분명 암흑무림을 없애야겠다고 말했던 진무성이 오늘은 갑자기 태평상단의 총수가 되어 천하상인협회를 정식으로 출범할 생각이라고 하자 어리둥절해진 백리령하가 황당하다는 표정으로 물었다.

"대무신가의 돈 줄을 막고 암흑무림을 고사시키려면 상단을 손아귀에 넣는 것이 급선무라고 생각했다."

"천하상인협회를 출범한다고 해서 그들이 쉽게 말을 들을 리도 없거니와 강제력을 동원한다 해도 시간이 걸릴 텐데 너무 한가한 거 아니야?"

곽청비도 이해할 수 없다는 듯 반문했다.

"지금 암흑무림을 친다면 호응해 줄 곳이 몇 곳이나 될까? 혹 호응을 해 주는 문파가 있다 해도 그 피해는 어떻게 하고? 거기다 대무신가의 총가를 공격하는 것은 암흑무림이나 혈사련을 공격하는 것과는 차원이 다를 거야. 천독곡의 혈겁은 그 숫자는 많았지만 무림의 정세를 흔들지는 못했다. 하지만 대무신가의 총가를 공격하는 것은 무림 전체의 지형이 바뀔 수도 있는 엄청난 피해를 입게 될 거야."

"그래서 장기전으로 나가겠다 그 말이야?"

"피해를 최소화할 방법을 생각하고 또 생각했다. 하지만 지금 이 방법이 최선이라는 결론에 도달했다. 너무 오래 걸려 처음엔 제외해 둔 방법이었지만 방법이 없었다."

사실 대무신가를 없애고 설화영에게 평안을 주고 자신 역시 피비린내 나는 무림을 벗어나 한가롭게 살고자 하는 것이 그의 최종 계획이었다.

당연히 누구보다도 빨리 모든 일을 정리하고 싶었기에 어느 정도의 희생은 감수하면서도 계획을 진행해 왔었다.

그러나 이번 기연을 겪으면서 그의 마음에 큰 변화가 생겨났다. 우선 빨리 모든 일을 처리하겠다는 조급함이 사라져 버렸다.

그리고 최대한 희생을 줄일 수 있는 방법을 최우선시하기 시작했다는 점이었다.

"나도 희생을 최소화할 수 있다면 시간이 좀 걸리더라도 그렇게 하는 것이 맞다고 봐."

백리령하가 수긍을 하자 단목환과 곽청비도 고개를 끄

덕였다. 어찌 보면 절대 반대할 수 없는 명분이기 때문이었다.

"그런데 어떻게 할 생각인데?"

곽청비는 진무성의 계획을 받아들이기로 했지만 어떤 방식으로 진행하려고 하는지 궁금했다.

대무신가와 암흑무림의 돈 줄을 조이겠다는 발상은 좋지만 그게 가능할지는 또 다른 문제였기 때문이었다.

"우선 협회가 출범하면 각 상단의 상권을 조정할 생각이야?"

이어지는 진무성의 답에 모두의 입이 벌어졌다.

상단의 상권은 그들의 목줄이라고 할 정도로 중요했다. 그런데 상권을 조정하겠다니……

"그건 불가능할걸? 천하상인협회가 명령을 따라야 하는 무슨 문파도 아니고, 협의를 해야 하는 연맹보다도 더 약한 결합체인데 그런 말이 나오면 전부 탈퇴하겠다고 나설 거야."

"상단에게 상권은 무림인들에게는 세력권과 같은 것인데 그것을 조정한다고 하면 죽기로 반대할 거야."

"상인들이 가장 좋아하는 것이 무엇인지 알아?"

뜬금없는 질문이었지만 진무성이 물었으니 의미가 있을 것이라고 판단한 모두는 잠시 생각에 잠겼다. 그리고 백리령하가 가장 먼저 답했다.

"역시 돈 아닐까?"

"나도 그 생각을 했는데……."

"상인이란 것이 돈을 벌기 위한 일을 하는 사람인데 당연히 돈을 가장 좋아하지 않겠어?"

세 명은 거의 동시다발적으로 돈을 지목했다.

"역시 똑똑해. 그럼 가장 싫어하는 것은 무엇일까?"

"같은 맥락으로 따지면 손해를 보는 것을 가장 싫어하지 않겠어."

"맞았어. 상인들에게 가장 중요한 것은 돈 즉 이익이고 싫어하는 것은 손해야. 그럼 이번에는 보통 상인이 아니고 상단의 상인들은 무엇을 가장 좋아하고 무엇을 가장 싫어할까? 아니 질문을 좀 바꾸자 가장 중요시하는 것이 무엇이고 가장 두려워하는 것이 무엇일까?"

"보통 상인들과 상단의 상인들이 다를까?"

"그러게 상단의 상인들 역시 이익이 나면 좋아할 것이고 손해가 나면 싫어하는 것이 당연한 거 아니야?"

"보통은 그렇게 생각하지만 상단의 상인들이 가장 중요시하는 것은 총수에게 신임을 받고 있느냐 아니냐야. 그리고 가장 두려워 하는 것은 총수의 신임을 잃는 거지. 그들에게는 이익이나 손해 보다 총수에게 어떤 평가를 받느냐가 더욱 중요하다는 말이야. 그럼 이번에는 총수는 무엇을 제일 좋아하고 무엇을 제일 싫어할까?"

이해할 수 없는 질문만 계속 던지자 모두는 이번에는 답을 못하고 우물쭈물하기 시작했다.

이번에도 그들의 머리에는 역시 돈밖에 생각이 나지 않았기 때문이었다.

"답을 못하는 것을 보니 모두 돈이라고 생각하는 모양이네. 맞아 총수들이 가장 좋아하고 중요시하는 것은 돈이야. 하지만 두려워하는 것은 달라. 그들은 자신의 안위가 위협을 받는 것을 가장 두려워한다. 그리고 그 재산이 자식이 아닌 다른 사람에게 가는 것 또한 매우 싫어하지."

"설명을 들어 보면 맞는 것 같긴 한데 지금 그게 중요한가?"

"협회에는 총수의 명령을 듣는 행수들이 오는 것이 아니라 총수가 온다. 그들은 자신의 안위에 위협을 느끼면 어느 정도의 손해는 언제든지 감수할 준비가 된 사람들이야. 그리고 그 손해를 감수하지 않으려는 사람들에게 본보기로 보여 줄 사람까지 준비가 되어 있으니 너희 걱정처럼 반드시 불가능한 것만은 아니라고 생각한다."

진무성의 말에 모두의 표정이 굳어졌다.

어떤 일을 벌일 지는 모르지만 그들이 상상하지 못한 기상천외한 일이 벌어질 수도 있다는 것이 느껴졌기 때문이었다.

8장

"진 형, 설마 상단의 총수들을 앞에 두고 대놓고 협박할 생각은 아니지?"

단목환은 불안한 표정으로 물었다.

무림인이 상단의 총수에게 직접적인 해를 끼치는 경우는 거의 없었다. 그들은 양민으로서 관의 보호를 받고 있었고 황실의 유력자들과도 친분을 가지고 있었다.

그들을 죽이거나 협박을 한다면 관의 추적을 받게 될 공산이 매우 컸다. 그리고 그것은 무림인들도 예외는 없었다.

나라에 가장 중요한 것은 농상이었다.

먹지 않고 살 수가 없으니 농사는 누가 뭐래도 국가를

운영하는 데 가장 중요했다. 그렇다고 먹고만 살수 없는 것이 또한 사람이었다.

살 집도 필요했고 옷도 필요했다. 기본적으로 필요한 모든 것을 담당하는 것이 바로 상(商)이었다.

더욱이 나라의 재정 역시 상인들에게 걷어 들이는 세금의 몫이 가장 컸다.

그래서 무림인들이라 해도 상인들을 대놓고 위협하는 것은 큰 위험이 따랐다.

당연히 무림인인 그가 천하상인협회를 만들려는 사실만으로도 무림은 물론 황실까지 눈여겨 보고 있을 것이 분명했다.

그런데 총수들을 협박하여 상권을 조정하려 한다면 어떤 반응이 나올지는 보지 않아도 알 수 있었다.

하지만 진무성은 아무렇지 않다는 듯 말했다.

"원래 협박은 주관적인 거야. 내가 아무리 부드럽게 말해도 상대가 두려우면 협박이 될 수 있지만 강압적으로 말해도 상대가 대수롭지 않게 생각하면 협박이 아닌거야. 아무도 내가 협박한다고 생각하지 않을 게다."

"그거야말로 너무 주관적인 생각 아니야? 현 무림에서 창룡의 말을 대놓고 협박이라 말할 사람들이 몇 명이나 되겠어?"

"그들이 어떻게 생각하고 판단할지는 그들의 몫이지 내가 그것까지 책임져야 하는 거야?"

"그건 아니지만 그래도 어느 정도는 그들의 의견도 존중을 해 주어야 탈이 없을 거야"

단목환의 말에 진무성은 이해한다는 듯 고개를 끄덕였지만 막상 그의 입에서 나오는 말은 달랐다.

"무림맹이 그 강력한 전력을 가지고도 왜 제대로 하는 것이 없는지 아직 모르나 보네? 무림맹은 그저 남들에게 보이기 위해 만들어진 전시장 같은 역할만 하고 있어. 애초의 목적인 사파와 마도에 대한 견제는 시도조차 못하지. 왜 그런지 알아? 바로 단목 형이 방금 말한 상대에 의견에 대한 존중 때문이야. 맹주님은 군사의 분석에 따라 예방 차원에서 먼저 손을 써야 할 때도 장로들의 의견을 들어야 한다. 그 많은 장로들의 의견이 통일이 될 수 있을까? 결국 탁상공론과 논쟁만 하다가 힘을 써야 할 적기를 놓치고 만다."

"그건 논쟁이 아니라 신중을 기하자는 거야. 그리고 무림맹은 단일지도 체제인 문파나 세가와는 구성 자체가 다르다. 만약 맹주님께서 독단적으로 일을 처리할 경우 무림맹의 거대 전력은 매우 위험한 무기가 될 수도 있다. 게다가 잘못된 판단까지 하게 되면 그 피해는 신중했을 때보다 더 큰 피해가 올 수도 있어."

"단목환, 넌 무림이 평화로울 때는 최고의 지도자가 분명해. 하지만 지금은 아니야. 네 말에도 분명 일리가 있지만 난 그럴 시간이 없다고 생각한다. 천하상인협회는 군림맹이나 천의문과는 다른 조직이고 나 역시 문주나 맹주가 아닌 태평상단의 총수로 간다. 그러니까 천하상인협회에 관한 것은 너희도 모른 척하는 게 좋겠다. 다시 말하지만 무림 일이 아니라 상단 일이다."

진무성의 단호한 말에 모두의 표정은 굳어질 수밖에 없었다.

아무리 봐도 진무성은 영웅이라기보다는 패웅으로 불릴 것 같다는 느낌 때문이었다.

하지만 지금 같은 시기에는 진무성 같은 패웅이 정파에 더 필요한 사람일지도 모른다는 생각도 같이 들고 있었으니 그들도 진무성에게 물들고 있는 것일까……

* * *

장주인 송대율과 그의 아들 송수국 그리고 총행수인 연기훈과 안태수등 황금장의 최고 간부들은 매우 심각한 표정으로 대화를 나누고 있었다.

이미 진무성에게 상단의 미래를 걸었고, 천의문 덕에 목숨까지 구함을 받았지만 천하상인협회의 정식 출범은 그들에게도 불안하기는 마찬가지였다.

"천의문을 믿을 수밖에 없지만 진 문주님의 그동안의 행보를 보면 불안한 면이 없지는 않습니다."

정보담당 총행수인 안태수의 말에 송대율은 검미를 좁히며 반문했다.

"어떤 면에서 그렇게 보느냐?"

"진 문주님이 흑도나 사파들을 제거한 후에 그들이 모아 놓은 재물들을 근처 양민들에게 모두 나눠 주는 일이 여러 차례 있었습니다. 그분이 구휼(救恤)에 관심이 많다는 이야기입니다."

"정파들은 원래 그런 일들을 자주 하지 않느냐?"

"대부분의 정파들은 남들에게 보이려는 의미가 다분하지만 진 문주님은 아주 적극적이라는 것이지요."

"천하상인협회가 출범하는 것과 그것이 연관이 있을 것 같으냐?"

"진 문주께서 태평상단의 총수로 부임한 뒤, 태평상단의 과도한 돈을 이재민들에게 보냈다고 합니다. 상단의 궁극적인 목적이 이익을 얻기 위해서라는 것을 감안한다면 진 문주님은 상인이라고 할 수 없다고 봅니다."

"할아버지, 뭐하고 계세요?"

그때, 문이 열리며 송백령이 안으로 들어왔다.

"뭐하고 지금 들어오는 것이냐?"

"죄송해요. 천의문의 설 군사님께서 서찰을 보내셔서 분석을 좀 하고 오느라 좀 늦었습니다."

"설 군사께서? 갑자기 왜?"

"저와 친하시잖아요. 그래서 제가 좀 걱정이 되셨던 모양이에요. 제게 이번 천하상인협회 출범 건으로 조언을 써서 보내셨더라고요."

"어떤 조언을 보내셨더냐?"

송대율은 기대에 찬 표정으로 반문했다. 그들도 설화영이 진무성에게 얼마나 큰 영향력을 가지고 있는지 짐작하고 있었기 때문이었다.

"황금장에서 이번 천하상인협회 출범 건으로 걱정이 많을 것 같다고 하시면서 조금도 불안해하지 말고 편한 마음으로 오라고 써져 있었습니다."

"정말이냐?"

"언니는 매우 솔직하신 분이세요. 진 문주님께서는 본장에 매우 우호적이시라는 말도 써져 있더라고요."

진무성이 그들에게 매우 우호적인 마음을 가지고 있다는 것은 그들의 불안을 한 번에 날려 주는 매우 중요한 조언이었다.

"우리에게 우호적이라해도 상단에 이득이 되느냐 손해가 되느냐는 다른 문제라고 생각합니다."

안태수의 말에 송백령은 정색을 하며 반박했다.

"총행수님은 지금 상황이 조금의 이익을 따질 때라고 생각하시나요? 전 지금이 황금장이 무너지느냐 아니면 더 발전해 나가느냐의 기로라고 생각합니다. 이미 대세는 창룡 대협입니다. 여기서 그분의 의견에 반하는 행동을 한다면 어떤 일이 벌어질까요? 그분이 무리한 요구를 할 수도 있다고 봅니다. 당연히 반발을 하는 상단도 있을 겁니다. 본 장은 절대로 그들에게 부화뇌동(附和雷同)해서는 안 된다고 봅니다."

그녀의 말은 모두에게 설득력이 있었다. 아무리 이익을 추구하는 상단이지만 살아남지 못한다면 이익이 무슨 소용이 있겠는가……

문제는 진무성이 어떤 요구를 그들에게 할지에 달려 있었다. 그런데 송백령은 어떤 요구를 하건 무조건 따라야 한다고 말하고 있었다.

"령아는 그것만이 황금장이 살 길이라고 생각하는 것이냐?"

"홍항에서 어떤 일이 있었는지는 보고 받으셨지요?"

"받았다."

"그 무섭다는 왜구들 수백 명을 홀로 모두 베어 버리셨다고 하더군요. 그분의 무공도 무공이지만 수백 명을 눈 깜짝하지 않고 모두 죽여 버리는 강인한 성정을 유의해야 합니다."

송대율은 송수국과 두 명의 총행수들을 보며 물었다.

"너희들 의견도 말해 봐라."

"전 아가씨의 말에 동의합니다. 황금장은 어차피 천의문의 세력권 안에 있습니다. 그들과 척을 진다면 황금장은 존속이 어렵습니다."

상단의 대소사를 책임진 연정훈은 군사격인 안태수와는 판단의 기준이 달랐다.

"저도 백령이 말대로 하는 것이 맞을 것 같습니다. 그리고 백령이가 천의문의 설 군사와 친분이 돈독해진 것도 저희에게는 좋은 징조인 것 같고 실지로 본 장을 위험에서 구해 주기까지 했지 않습니까?"

고개를 끄덕인 송대율은 안태수에게 시선을 돌렸다. 연정훈과 그는 황금장을 떠받치는 두 명의 총행수였지만 맡은 일은 달랐다.

연정훈은 상단의 상행위와 회계 업무 등을 총괄한다면 그는 황금장의 안위와 닥칠 수 있는 위험 요소 등을 분석하는 군사와 같은 역할을 했다.

지금 그들이 의논하는 사안은 안태수의 의견이 가장 중요했다.

안태수도 그것을 알고 있는 듯 심사숙고하더니 조심스럽게 의견을 제시했다.

"제가 생각이 짧았습니다. 저도 아가씨의 의견에 동의하겠습니다."

안태수까지 찬성하자 이후의 회의는 아주 쉽게 진행이 되었다. 지금까지 진무성이 어떤 요구를 할지에 대해 예측과 대책을 논의했다면 이제부터는 진무성의 요구를 어떻게 받아들여야 남들의 눈에 비굴하게 보이지 않을 것인지가 관건이 된 것이다.

분명한 것은 결정을 내리면서 심각하던 표정이 편안하게 변했다는 사실이었다.

* * *

미래를 진무성에게 맡기기로 결정한 황금장과 달리 천하상단은 매우 곤혹스러운 회의를 하고 있었다.

가장 큰 문제는 총가와의 연락이 원활하지 못하다는 것이었다.

"내가 먼저 초대를 하려고 했는데 하루 차이로 창룡이 먼저 초대를 하다니…… 이것을 어찌한단 말인가?"

사공무송이 진무성을 초대하라는 명을 받은 것이 사 일 전이었다. 그는 즉시 명분을 만들어 초대장을 만들라는 명을 내렸다.

그런데 초대장 작성을 끝내고 보내려고 하는 사이에 진무성의 초대장이 도착을 한 것이었다.

그것도 천하상인협회의 출범을 통보하는 초대장이었다. 초대를 받아서 간다면 그는 협회에 들어가든지 거절을 하든지 선택을 해야 하는데 아직 사공무경의 지시를 받지 못한 것이었다.

물론 전에 만났을 때 그는 협회에 당연히 들어갈 것이라고 말했었다. 그러나 그것은 아직 협회가 출범하기 전이기에 인사 차원으로 한 말이었고 실지로 협회에 들어갈 마음은 조금도 없었던 그였다.

"아직도 연락이 안 왔느냐?"

"예, 시간적으로 어제는 도착했어야 하는데 이상합니다."

"전서구에게 사고가 생긴 것은 아니냐?"

"이미 여러 차례 왕복한 전서구입니다."

진무성의 초대장을 받자마자 그는 총가에 전서구를 날

렸다. 하지만 전서구란 것이 완벽한 것은 아니어서 하루이틀 늦는 경우는 꽤 있었다. 하지만 이번만은 이상할 정도로 불안했다.

사공무송은 기획단 단주인 백귀준을 보며 물었다.

"더 이상 시간을 끌 수 없다. 네 의견을 말해 보거라."

"우선 초대를 거절하기는 어렵습니다."

"하지만 이미 적극 협조하겠다고 말한 이상, 그곳에 가서 거절을 하는 것은 쉽지 않다는 사실을 너도 알지 않느냐?"

"가주님께서 창룡이 본 상단에 의심의 눈초리를 보내고 있음이 분명하다고 했습니다. 그럼에도 그가 아직 아무런 행동도 취하지 않는 이유는 단지 의심일 뿐, 증거는 없기 때문일 것입니다. 그런데 만약 초대를 거절하고 가지 않는다면 그 의심은 확신으로 변할 것입니다."

"그럼 가서 협회에 들어가라는 것이냐?"

"초대 날짜까지는 아직 삼 일이나 시간이 있습니다. 오늘 답서를 보내고 총수님께서는 내일 출발을 하십시오. 가는데 이틀 잡는다면 그 안에 가주님의 지시문이 올 것입니다."

우선 초대를 거절하는 것은 어려우니 승낙만 하고 협회에 들어갈지 말지는 가는 동안 답을 기다리자는 말이었다.

진무성이 갑자기 던진 천하상인협회 출범은 사실 그가 사공무경에게 이제 어떻게 할래 하고 던진 일종의 질문이었다.

이제 사공무경은 어떤 답을 준비하고 있을까……

* * *

대무신가의 총가에 와 있던 사공무경의 표정은 뭔가 들떠 있는 것 같았다.

'이런 긴장감은 참 오랜만이야. 마치 내가 다시 젊어진 것 같은 것이 정말 재미있군…….'

천하를 자신의 손아귀에 놓고 마음대로 조리하듯 조종하던 그는 사실 매우 무료했었다. 모든 일에 활기를 불어넣고 동기 부여해 주는 것은 욕심이라는 마음이 가장 큰 요인이었다.

그 욕심의 종류는 거의 무한하다 할 정도로 많았다. 큰 부자가 되고 싶은 욕심도 있지만 동전 한 푼만 있었으면 하는 욕심도 있었다.

천하의 최고 권력자가 되어 뭐든 하고 싶은 대로 하고 싶은 욕심과 찢어지게 가난한 상황에서 며칠을 굶은 사람에게 밥 한 끼만이라도 충분하게 먹고 싶다는 욕심은 어느 것이 더 큰 욕심일까……

그런데 모든 욕심을 마음만 먹으면 가질 수 있는 자는 어떤 욕심이 존재할까?

사공무경이 바로 그러했다. 마음만 먹으면 자신이 얻고자 결정만 하면 무엇이든 할 수 있는 그에게 모든 일은 그저 유희였고 장난이었다.

세상 사람들은 모르고 있지만, 그가 심심해서 만든 혈겁은 열 손가락으로 세기도 어려울 정도였다. 그중에는 황조가 바뀌는 천하대란도 있었다.

그러나 그것조차도 이제 심드렁해진 그는 자신이 짜 놓은 판 속에서 천하가 움직이는 것을 보는 것만이 하나 남은 재미였다.

그런 그의 판을 흔드는 일이 벌어졌다. 심지어 그가 예측조차 못 한 일들이 연이어 벌어지면서 오랜만에 분노를 느꼈었다.

그런데 놀랍게도 사공무경은 그 분노와 다음이 예측이 안 되는 긴장감이 무료했던 그에게 활력을 불어넣어 주고 있음을 느꼈다.

"가주님, 사공무천입니다."

"들어와라."

문이 열리며 사공무천과 정운 등 대무신가의 최고 간부

들이 안으로 들어섰다. 언제나 보이던 초인동주인 사공무일만 보이지 않았다.

"지시하신 대로 천하상단에 전서를 보냈습니다."

사공무경은 진무성이 천하상인협회의 출범을 알리는 초대장은 상단 및 상인들에게 보냈다는 보고를 받고는 오랜만에 커다랗게 웃음을 터뜨렸다.

감히 자신을 두고 누가 더 머리가 좋은지 시합을 하자는 것으로 보였기 때문이었다.

"늦는다고 징징댔겠구나?"

사공무경은 천하상단의 총수인 사공무송의 성격을 잘 알고 있는 듯 말했다.

"가주님, 그런데 그놈이 천하상단과 본 가가 연관이 있을 것이라고 의심을 하고 있다는 것을 아시면서 굳이 그놈의 아성이 될 것이 분명한 협회에 가입을 하라고 명을 하신 이유를 모르겠습니다."

"재미있지 않느냐?"

"예?"

"놈이 무슨 짓을 하려고 하는지 두고 보는 재미가 있을 것 같단 말이다."

간부들의 얼굴이 굳어졌다.

분명 저번 회의 때는 진무성에 대해 살기까지 보일 정

도로 매우 화를 냈었다. 그런데 오늘은 갑자기 미소까지 지으며 재미있을 것 같다고 하니 상반되는 상황에 무슨 그들이 모르는 의미라도 있는 것은 아닌가 하는 걱정이 생긴 것이었다.

"저희가 가주님의 심기를 제대로 헤아리지 못한 것이 있으면 말씀해 주십시오."

사공무천은 큰 죄라도 지은 듯 머리를 조아리며 물었다.

"너희들에게 뭐라고 하는 것이 아니니 걱정 마라. 진짜 재미있어서 한 말이다. 그리고 초인동에서는 연락이 있느냐?"

지금 사공무경은 초인동을 떠나 대무신가의 총가에 와 있었다. 초인동에서는 천기를 살피는 것이 불편해서였다.

"아직 아무런 연락도 없었습니다."

"사공무일 이놈은 뭘 이렇게 일 처리가 늦는 것이냐?"

"초인들 전부를 깨우는 일이니 하루 이틀 안에 끝내기는 어려울 것입니다."

"그럴 수도 있겠군. 초인들이 모두 깨어나면 할 일들이 많아질 게다. 가서 쉬고 있어라."

"예!"

모두가 나가자 사공무경은 찻잔을 들어 입에 갖다 댔다. 따뜻한 차 향기가 그의 입안에 퍼졌다.
'네놈이 내가 먼저 움직여 주기를 바라는 것 같으니 원하는 대로 해 주지. 하지만 그것이 얼마나 큰 실수였는지 땅을 치고 후회할 게다.'
사공무경의 입가에는 잔인한 미소가 그려지고 있었다.

* * *

"여기까지 오시게 해서 죄송합니다."
진무성의 인사에 구양청은 허리를 굽히며 말했다.
"총수님께서 얼마나 바쁘신지 잘 알고 있습니다. 당연히 할 일 없는 제가 오는 것이 맞다고 봅니다."
구양청은 얼마 전까지 자신이 총수였다는 것은 전혀 개의치 않는 듯 말했다.
둘이 자리에 앉자 설화영이 그들의 앞에 찻잔을 놓았다.
"어르신, 천하상인협회를 출범하면 가장 급선무가 무엇이라고 생각하십니까? 제가 상인이 아니니 어르신의 조언이 매우 도움이 될 것입니다."
진무성의 질문에 구양청은 이미 준비가 된 듯 즉시 입

을 열었다.

"상인들은 이익을 최선이라고 생각합니다. 만약 총수님께서 시작할 계획이 이익을 주는 일이 아니라면 당연히 반발을 할 것입니다. 물론 총수님에 대한 두려움으로 앞에서는 반발을 하지 못하겠지만 돌아가는 즉시 어떻게 하면 손해를 최소화할 것인지를 고민할 것이고 그것은 속이는 것으로 나오게 될 것입니다."

"저도 그게 가장 문제라고 생각하고 있습니다. 이익을 속여 번 것이 없다고 할 경우 그것을 조사할 방법이 마땅치가 않더군요."

협회라는 느슨한 조직 체계에서 회원들의 회계 장부를 조사하겠다고 나선다는 자체가 어불성설이기 때문이었다.

"상인들은 이익을 위해 남을 속이는 것에 능숙하면서도 신용은 지켜야 한다는 상반된 특성을 가지고 있습니다. 단, 신용은 신뢰할 수 있는 사람에게만 지킨다는 것이지요."

"그렇다면 그들에게 제가 신뢰할 수 있는 사람이라는 믿음을 주는 것이 중요하겠군요."

"맞습니다. 문제는 신뢰란 것이 하루 이틀에 형성되기는 어렵다는 점이지요. 신뢰를 얻기 위한 시간을 벌 특단의 조치가 필요합니다."

"그 특단의 조치가 무엇이 있을까요?"

"다행히 상인들은 겁이 많습니다. 특히 무림인들을 가장 두려워합니다. 그리고 총수님은 그들이 두려워하는 무림인들 중 가장 강하시지 않습니까?"

"가장 강하다는 말씀에 동의를 하기는 어렵지만 우선은 그렇다고 하겠습니다."

"천하상인협회에 회원 간에 지켜야 할 규율을 만드십시오. 그것도 아예 여지가 없게끔 만드십시오."

"어르신께서 제 생각과 같다는 것이 정말 다행입니다. 제가 묻고 싶은 것이 바로 그 규율의 수준입니다. 어느 정도가 되어야 겁은 주면서 반발은 최소화할 수 있을지 그것을 알고 싶었습니다."

"상인들의 특성 중 중요한 것을 하나 빼놓았군요. 상인들은 의심이 많습니다. 심지어 분명한 사실조차도 의심을 합니다. 규율의 수준보다 중요한 것은 그들이 가질 의심을 없애는 것입니다. 총수님께서 규율을 어겼을 경우 그 규율의 벌칙을 반드시 행할 것이라는 믿음을 준다면 그들은 매우 두려워할 것입니다."

"그거야, 제가 가장 자신하는 것이네요. 만약 규율을 어겼을 경우 재물을 잃는 패가망신을 넘어 완전히 멸문을 당할 수도 있다는 것을 보여 주면 되겠군요."

"너무 강력하면 그들도 대비책을 세울 것입니다. 당장 황실의 유력자들에게 총수님을 말려 달라고 할 것이고 관에도 도움을 청할 것입니다. 총수님께서 그런 것도 아무런 도움이 안 된다는 점을 확실하게 각인시킨다면 아마 어쩔 수 없이 따르게 될 것입니다."

"역시 어르신을 모시기를 잘한 것 같습니다. 제가 고민하니 영 매가 어르신을 만나 보라고 한 이유를 알 것 같습니다."

"다른 상단이나 상인은 그것이 통하겠지만 천하상단이나 암흑상단은 그것이 안 통할 것인데 거기에 대한 대비책은 세우셔야 할 것입니다."

"그거야 이미 세워 놓았습니다. 사람들은 듣는 것보다는 직접 보는 것을 더 잘 믿으니까요. 그것은 사람들은 본보기라고 한다지요?"

"역시 총수님이십니다. 이미 준비가 다 되신 것 같은데 진짜 제가 필요하셨을까 싶습니다."

"방금 말하지 않았습니까? 어르신의 조언이 정말 큰 도움이 됐습니다."

"대무신가의 방해가 있을 수도 있는데 그것은 당연히 염두에 두셨겠지요?"

"제 생각에는 직접적인 방해는 없을 것 같습니다. 하지만 방해를 한다면 좋겠군요. 진짜 본보기를 보여 줄 수 있는 기회가 될 테니까요."

지금 진무성이 행하려는 일이 얼마나 어려운 일인지 잘 아는 그로서는 너무나도 태연한 그의 말에 저절로 감탄의 표정이 떠오르고 있었다.

* * *

아주 기분 좋은 만남을 가지고 있는 진무성과는 달리 심각한 만남을 가지고 있는 곳도 있었다.

"단목환, 진 형이 무슨 일을 벌이려고 하는 것 같아?"

"나도 그것을 알 수가 있나? 상단의 일이니 더 이상 참견하지 말라고 한 이상 물어볼 수도 없잖아?"

"설마 그 성격에 상인들이 말을 안 듣는다고 모조리 죽이는 것은 아니겠지?"

곽청비의 말에 백리령하가 손사래를 치며 말했다.

"무슨 그런 끔찍한 소리를 해! 그리고 진 형이 언제 양민들 죽이는 것 봤어?"

"그렇긴 한데 그때 대단한 조치를 취할 것처럼 말했잖아? 상인들의 대표들을 모아서 할 대단한 조치가 뭐겠어? 겁을 바짝 줘서 내 뜻을 따라라 한다는 말 아니겠어?"

"말만 그럴 뿐이지 그렇게 막무가내로 일을 처리할 사람은 아니지."

"가만 보면 공주는 진 맹주에게 안 좋은 말만 나오면 무조건 아니라고 하고 편만 드는데 사안을 좀 객관적으로 봐. 상인들이 얼마나 상대하기 힘든 부류인지는 공주도 알잖아. 그런 자들을 모아 가지고 협회를 출범하고 말을 잘 듣게 하려면 어떤 방법이 있을 것 같아?"

"우리의 짐작일 뿐이지 사실 상인들에게 자신의 말을 잘 듣게 할 이유도 없잖아?"

"대무신가와 암흑무림의 자금줄을 말린다고 했잖아. 그렇다면 돈이 오가는 것을 감시하겠다는 것인데 좋은 말로 회유가 될까? 게다가 암흑상단은 암흑무림의 하부조직이고 천하상단은 대무신가에 돈을 대는 곳이라는 진 맹주의 짐작이 맞다면 그들이 그대로 그의 말을 따르겠어? 난 분명 큰 사달이 일어날 수도 있다고 봐."

"아무런 증거도 없이 대 상단들을 협박한다면 황실과 척을 지게 될 거야. 공주가 가서 무슨 일을 벌이려고 하는지 한 번 떠보는 것이 어떻겠어?"

무림인들이 가장 싫어하는 세력은 사파와 마도 등 정파

와 직접적으로 대립하는 곳이지만 가장 두려워하는 세력은 황실이었다. 아무리 강력한 무림 세력이라고 해도 십만 병사가 공격을 한다면 배길 방법이 없기 때문이었다.

"단목 형이 직접 가서 물어보지 왜 나한테 물어보래?"

"그래도 공주가 진 형과는 가장 스스럼없잖아? 사귄 시간도 제일 많고."

"그렇게 따지면 진 형과 친우가 된 것은 단목 형이 제일 먼저거든!"

"상단 일에 참견하지 말라고 직접 말하는 거 들었잖아? 그런데 어떻게 내가 물어봐."

둘의 대화가 이상하게 흐르자 곽청비가 짜증스러운 표정으로 끼어들었다.

"왜 진 맹주 얘기만 나오면 본론은 호도되고 다른 쪽으로 주제가 바뀌는 거야? 지금 누가 가서 묻는 것이 뭐가 중요해?"

"그럼 곽 검주가 가서 물어볼래?"

"……갑자기 왜 화살이 나한테 오는 거야? 물어보려면 둘 중의 한 명이 가는 것이 당연한 거 아니야?"

"전부 친구인데 왜 우리 둘 중의 한 명만 가는 것이 당연하다는 건데? 난 당연히 곽 검주도 물어볼 수 있다고 보는데?"

백리령하는 당연히라는 말을 강조하며 반박했다.

본론이 호도되고 주제가 바뀐다고 성토했던 곽청비였지만 그녀 역시 본의 아니게 빨려 들어가고 있었다.

9장

　동정호의 지류로 취급을 받기는 했지만 군산의 호수 역시 대단히 컸다.
　하늘은 구름 한 점 없이 맑았고 달도 유난히 큰 밤이었다. 하늘에서 쏟아져 내리는 별빛과 호수에서 반사되어 비치는 별빛이 어울려져 매우 독특한 아름다움을 만들어 내고 있다.
　"찾으셨다고요?"
　쾌속선을 타고 대무신가의 총가가 있는 곳으로 의심되는 섬들을 포위하고 있는 무림맹 경비대를 순시하고 있던 무림맹 경비대장 대룡신검 형표는 만수제군이 찾는다는 전갈을 받고는 급히 배를 돌려 그에게 왔다.

사방을 둘러보고 수시로 귀까지 쫑긋거리며 뭔가를 살피던 그는 이상하다는 듯 고개를 갸웃하고 있었다.

"오서 오시게. 지금 경계는 확실히 하고 있는 건가?"

"저희가 포위하고 있는 지역은 쥐새끼 한 마리 빠져나가지 못할 정도로 완벽하게 경계를 하고 있습니다. 그런데 왜 그러십니까?"

"뭔가 이상하네."

"이상하다니요?"

"너무 조용해."

"예? 하하~ 늦은 밤이니 당연히 조용하지 않겠습니까?"

동물들을 다루는 데 최고의 경지에 올랐다는 평가를 듣는 만수제군이었다. 심지어 그는 동물의 소리를 이해하고 대화까지 한다는 말이 있을 정도였다.

보통 사람들은 전혀 감지하지 못하지만 만수제군의 귀에는 사방에서 움직이는 동물들의 움직임과 소리가 들리고 있었다.

깊은 산과 호수는 다르지 않냐고 반문할 수도 있었다. 하나 호수 같은 수면 위에도 산속 같은 시끄러움은 없어도 동물들의 움직임은 여지없이 있었다.

그런데 모든 것이 사라진 것이었다.

"가만히 귀를 기울여 소리를 들어 보게. 새소리가 전혀 없지 않은가?"

 신경을 쓰지 않아서 느끼지 못하고 있었지만 호수에도 섬 안에 사는 부엉이나 올빼미의 울음소리가 미약하게나마 들렸었다. 그런데 그 소리가 사라져 있었다.

"선배님 말씀을 듣고 보니 그렇긴 합니다."

"호수를 보게."

 대룡신검은 만수제군이 가리키는 호수의 수면을 주시했다. 보름달이 떠 있었고 구름 한 점 없이 맑은 날씨 덕에 여느 밤보다 밝기는 했지만 호수의 수면은 여전히 시커멨다.

"제 눈에는 아무것도 보이지 않는데요?"

"이곳은 물고기들이 아주 많은 곳일세. 밤이라 해도 모든 물고기들이 움직임을 멈추지는 않는다네. 그리고 물고기가 움직이는 이상 수면에 그 흔적은 미세하게 나타날 수밖에 없지."

 대룡신검은 그제야 만수제군이 그를 부른 이유를 짐작한 듯 얼굴을 굳히며 반문했다.

"적의 기습이라도 있다는 것입니까?"

"밤새 들은 어떤 동물들보다 감각이 뛰어나네. 이렇게 넓은 지역의 새들이 모두 입을 닫고 움츠려 있다는 것은 살기가 이 지역을 덮고 있다고 보아야 할 것이네."

"하지만 배가 다가온다면 저희들의 눈을 피할 수는 없습니다."

"배가 아니라 물 속으로 온다면 가능하지 않겠나?"

"저희 경비대를 기습하려면 최소한 수십 명은 되어야 합니다. 수공이 익혔다 해도 숨은 쉬어야 하지 않겠습니까? 수십 명이 움직이고 있다면 누군가 한 명이라도 걸릴 수밖에 없을 것입니다."

"사람들은 반 각 이상 숨을 멈출 수는 없네. 하지만 아주 강력한 수련을 통해 일각 이상 숨을 멈출 수 있는 자들도 존재한다네. 내 짐작이 틀리면 더 좋겠지만 그래도 모르니 수하들에게 수면 아래를 주시하라고 전하게."

동물을 잘 다루기 위해서는 동물과의 친화력도 필요하지만 동물과 같은 감각도 있어야 했다. 만수제군의 동물적인 감각을 지금 매우 위험하다고 계속 신호를 보내고 있었다.

"선배님, 저기 보십시오. 새가 날아오고 있습니다. 아무래도 너무 집중을 하시다 보니 신경이 너무 날카로워지신 것 같습니다."

대룡신검은 하늘을 가리키며 말했다. 만약 진짜 새가 날고 있는 것이라면 만수제군의 예상은 틀린 것이 될 것이었다.

하지만 대룡신검이 가리킨 곳을 본 만수제군은 얼굴이 급변하며 소리쳤다.

"저, 저건 새가 아닐세."

날개를 펴고 날아오는 검은 물체는 분명 새였다. 만약 새가 아니라면 어찌 하늘을 날 수 있단 말인가……

만수제군의 말에 뭔가 심각함을 느낀 대룡신검은 눈에 내공을 끌어올려 좀 더 자세히 날아오는 새들을 주시했다.

최소한 삼십 마리는 됨직한 날개를 가진 검은 물체.

한참을 주시하던 대룡신검은 급히 품에서 호각을 꺼내 불기 시작했다. 검은 물체는 만수제군의 말대로 새가 아니었다.

진무성이 이미 감탄한 바 있던 비익의를 착용한 사람들이었다. 만수제군의 말이 아니었다면 대룡신검 역시 그들이 아주 가까이 올 때까지 눈치채지 못했을 정도로 정말 새와 비슷했다.

삐익! 삐익! 삐삐익!

밤 하늘에 퍼져 나가는 날카로운 호각 소리는 적의 기습을 알리고 전투 준비를 하라는 비상 신호였다.

하지만 그의 호각 소리가 오히려 공격 신호라도 된 듯 사방에서 비명과 고함 소리가 들리기 시작했다.

그중 가장 많이 들리는 소리가 하나 있었다.

"배에 물이 샌다!"

포위를 하고 있던 상당수의 배들에 물이 새기 시작한 것이었다.

만수제군의 예측대로 하늘을 통해 오는 자들만이 아니라 그 긴거리를 물속으로 헤엄쳐 와 배에 구멍을 뚫은 자들이 있었던 것이었다.

무림맹 총단이 지척 거리에 있는 곳에서 무림맹의 경비대를 공격하는 간 큰 자들이 있겠느냐는 자만심도 이들이 속수무책으로 당하게 된 원인 중 하나였다.

삐이이익-

대룡신검은 다시 호각을 길게 불었다.

사태가 심각함을 느끼고 호수를 경계하는 다른 배들에게 구조 신호를 보낸 것이었다.

경비대원들 상당수가 수공을 알고 있었지만 헤엄을 치고 어느 정도 자신의 안위를 살피는 정도였지 물 속에서 무기를 휘두르며 싸움을 벌일 정도의 수준은 아니었기 때문이었다.

"자네는 빨리 수하들 수습을 하게. 이대로 간다면 매우 위험해질 수 있네."

만수제군의 말에 대룡신검은 주위를 급히 둘러보더니

말했다.

"선배님께서는 어찌하시려고요?"

"내가 만수제군이네. 수공 역시 물고기 뺨치게 잘하니까 내 걱정은 말게."

"그럼 전 먼저 가 보겠습니다."

대룡신검이 자신이 타고온 쾌속선으로 몸을 날리려는 순간.

날카로운 무언가가 대룡신검의 목과 심장을 동시에 노리며 날아들었다.

물 속에서 튀어나온 두 명의 괴인이 공격을 한 것이었다. 그들의 모습은 매우 괴기했다.

머리는 천으로 완벽하게 감쌌고 옷 역시 보통 옷과는 달리 물 속을 헤엄치기 쉽게 몸에 완벽하게 달라붙어 있었다.

무엇보다 대룡신검을 공격한 것은 바다의 어부들이 사용하는 작살이었다.

탕! 탱!

"감히 어떤 놈들이 무림맹을 공격하는 것이냐!"

날아온 작살을 튕겨 낸 대룡신검은 살기 띤 목소리로 소리치며 괴인들에게 반격을 가했다.

"으아악!"

그때 그의 귀에 익은 목소리의 비명성이 들려왔다. 그를 보좌하는 친위 무사로 자신이 타는 쾌속선을 조종하는 자였다.

쾌속선이 부서지며 그 안에 타고 있던 세 명의 수하들의 몸이 작살에 뚫려 엎어져 있는 것이 보였다.

작살은 처음부터 아예 심장에 맞아 즉사하는 것이 행운이라고 할 정도로 상대에게 고통을 주는 무기였다.

작살에 뚫린 살은 절대 빠지지 않았고 움직일수록 살을 찢고 파고들며 고통을 가중시키는 아주 극악한 무기였다.

하지만 무림인들 중 작살을 무기로 사용하는 자들은 없었다. 창보다 넓고 두꺼웠으며 무게는 더 나갔고 특히 초식을 구사하기에는 무기의 효율성이 너무 떨어져서였다.

하지만 물 속에서는 그 어떤 무기보다 유리한 점이 많은 무기이기도 했다.

"크윽!"

대룡신검의 검에 심장을 찔린 괴인은 검을 양손으로 잡고는 놓아 주지 않았다.

사방이 적인 지금 빠르게 초식의 변환이 필요한 시점에서 뜻밖의 방해에 대룡신검은 당황할 수밖에 없었다.

검이 몸을 뚫고 들어가면 거의 대부분은 힘을 쓰지 못

했다. 몸을 지탱해 주던 생기가 뚫린 구멍을 통해 급속도로 빠져나가기 때문이었다.

하물며 그 괴인은 즉사한다는 심장에 검이 뚫렸음에도 대룡신검이 검을 뽑지 못할 정도로 강하게 검을 부여잡고 있었다.

정말 지독한 자였다. 그리고 그것은 곧장 대룡신검의 위기로 다가왔다.

탕! 탕!

대룡신검의 등을 노리며 날아가던 작살은 누군가의 무기에 막히고 말았다.

배를 뛰어내리려던 만수제군이 대룡신검이 위기에 빠지자 결국 피신하는 것을 포기하고 싸움에 끼어든 것이었다.

"감사합니다 선배님. 하지만 피하셨어야 하는데……."

간신히 위기에서 벗어난 대룡신검은 급히 감사와 미안함을 표했다.

"내가 나이가 몇 살인데 죽음 따위를 두려워하겠나? 이미 피하기는 틀린 것 같으니 열심히 싸워서 살아보세."

"죄송합니다. 제가 선배님의 경고를 듣자마자 조치를 취했어야 했는데……."

말하는 그의 얼굴에는 비통함과 처절함이 가득했다.

사실 만수제군에게 경고를 들었을 때는 이미 때가 늦은 후였었다. 그럼에도 자신의 자만심이 이 많은 수하들을 죽음로 몰고갔다는 자책감은 달라질 것이 없었다.

자신의 배를 공격한 괴인들은 제거했지만 위풍당당한 위용을 자랑하던 삼십여 척이 넘는 경비선과 십여 척의 쾌속선들이 침몰하거나 불에 타고 있는 광경이 그대로 그의 눈에 들어왔기 때문이었다.

게다가 그가 상대한 괴인들의 무공으로 미루어 수하들이 살아남을 수 있는 가능성은 거의 없어 보였다.

구조신호를 보냈지만 그들이 이곳까지 오는 데는 최소한 이, 삼각이 필요했다.

대룡신검은 검을 고쳐잡으며 말했다.

"제가 어떻게든 저들을 막아 보겠습니다. 선배님께서는 꼭 살아서 돌아가 오늘 일을 맹에 말해 주십시오."

"이미 퇴로는 없는 것 같네."

만수제군은 하늘을 날아온 자들까지 속속 배로 떨어져 내리고 있는 장면을 보며 이미 살기는 포기한 듯 말했다.

비익의를 타고 날아온 자들의 무공은 물 속으로 공격한 괴인들 보다 더 고강한 무공을 지니고 있었기 때문이었다.

* * *

"친구분들에게 계획에 대해 좀 설명을 해 주시지 그러셨어요. 아까 보니까 매우 불안해 보이시더라고요."

마차에 탄 설화영은 앞에 앉아 있는 진무성을 보며 조심스럽게 말했다.

천하상인협회의 출범식이 열리는 항주로 떠나는 진무성을 배웅하던 단목환을 비롯한 친구들의 표정이 뭐라 표현하기 어려울 정도로 복잡다단했던 것을 보았기 때문이었다.

그들은 결국 진무성에게 천하상인협회의 출범장에서 어떻게 할 생각인지 묻지 못했다.

"아까 보니까 영 매가 백리령하에게 안심하는 듯 신호를 주던데 아니었어."

"단지 미소만 지었을 뿐인데요? 그걸 신호라고 할 수 있겠어요?"

설화영은 직접 말을 하지는 못했지만 백리령하에게 슬쩍 걱정 말라는 듯 미소를 보였었다. 물론 그 미소로 그녀가 무슨 말을 하려는 것인지 백리령하가 알아챌지는 미지수였지만 그녀라면 분명 눈치챌 것이라고 생각했다.

"백리령하는 매우 똑똑해. 분명 미소의 의미를 알았을

거야. 그런데 그 미소가 의도한 대로 일이 잘 풀릴지는 나도 아직 모르겠다."

"전 상공께서 저분들이 우려하시는 행동은 하지 않으실거라고 생각합니다. 물론 상황에 따라 다르긴 하겠지만요."

그녀는 우회적으로 자신 역시 걱정을 하고 있음을 비쳤다.

"알았어. 나도 최대한 평호롭게 일을 처리하고 싶으니까."

말하던 진무성의 검미가 살짝 좁아졌다.

"왜 그러세요?"

"개방의 제자 같은데? 뭔지 모르지만 매우 다급하게 이쪽으로 달려오는데?"

그의 말대로 반 각쯤 지나자 주성택의 목소리가 밖에서 들렸다.

"문주님, 개방의 분타주님께서 급히 전해 드릴 말이 있다고 하십니다."

그의 말을 들은 진무성은 뭔가 큰 일이 벌어졌음을 직감했다.

"이쪽으로 모셔라."

진무성은 마차 밖으로 나가며 말했다.

"예."

그리고 곧 중년 거지가 그의 앞으로 달려오더니 포권을 하자마자 다급한 목소리로 입을 열었다.

"그동안 잘 계셨습니까? 예전에 한 번 뵌 적이 있는 박룡개입니다."

구룡신개를 따라서 진무성과 가벼운 인사를 한 적이 있었던 개방의 오결 제자였다.

"급히 전할 말이 있다고요?"

"예! 구룡 장로님께서 문주님과 직접 대화를 나누시기 위해 지금 이쪽으로 오시고 계십니다. 저도 사건의 전모에 대해서는 정확히 아는 것이 없어서 연락을 받은 사실만 전해 드리겠습니다."

"말하세요."

"무황도 인근에서 혈겁이 일어났다고 합니다."

진무성의 검미가 좁아졌다. 그가 예상 못한 상황이 벌어졌음을 직감했기 때문이었다.

"어떻게 된 것인지 자세히 말씀해 보십시오."

"저도 급보로 무림맹의 경비대가 거의 전멸에 가깝게 죽었다는 연락만 받았습니다."

경비대라면 대무신가의 총가가 있는 섬 주변을 포위하

고 있던 무림맹의 무사들을 말함이 분명했다.

전멸에 가깝다는 말은 전멸했다는 말이나 같다는 것을 누구라도 짐작할 수 있었다.

'단목환이 또 자책하게 생겼군…… 휴우~'

대무신가의 총가를 포위하도록 장로들을 설득한 것이 바로 단목환이 아니었던가……

"박룡개 대협, 구룡신개 선배님은 지금 어디쯤 오셨습니까?"

"전서로 연락을 받았으니 늦어도 모레 새벽에는 도착하실 것입니다."

"전 항주의 황금장에 가 있을 예정입니다. 도착하시면 그쪽으로 와 주십사 말씀드려 주십시오."

"그렇게 하겠습니다."

박룡개가 떠나자 진무성은 침통한 표정으로 잠시 거 있더니 주성택을 보며 말했다.

"주 영주 출발해라."

"예!"

진무성이 마차 안으로 다시 들어오자 설화영이 굳은 표정으로 물었다.

"대무신가의 짓이겠지요?"

"사공무경이 내가 낸 문제에 대한 답을 보낸 것 같아."

"상공께서는 그가 보낸 답의 의미가 무엇인지 아시겠어요?"

"그동안 취했던 계획을 완전히 바꿔 버리겠다는 경고인 것 같아."

"경고요?"

설화영은 불안한 표정으로 반문했다.

그들이 가장 의아해했던 것이 사공무경이 그 엄청난 전력을 가지고 왜 행동을 취하지 않았을까였다. 진무성이 삼 지가를 없애는데 전력을 다한 것도 최대한 대무신가의 전력을 줄이기 위해서였다.

사공무경은 진무성이 총가에 대해 알아냈음이 분명하다고 확신을 했다.

그는 그동안 진무성이 보인 행보나 삼 지가를 없애 버리는 전격성을 보면 다음 행보는 당연히 총가를 공격할 것이라고 판단했었다.

하지만 진무성은 그의 예상을 완전히 벗어나는 행동을 보였다.

총가 주위를 포위하여 섬으로 들어오는 식량을 막은 것은 아주 절묘한 방법이었다. 사공무경이 그 방법을 예상에 넣지 않은 것은 시간이 많이 걸리기 때문이었다.

그런데 진무성은 시간이 걸리는 것을 개의치 않는다는

듯 천하상인협회를 출범한다면 상단을 초대하는 기행까지 벌이고 있었다.

삼 지가의 멸문은 분명 대무신가에게는 심장이 떨어져 나갈 정도로 아픈 대목이었다.

사대 금지 구역과 삼 지가의 멸문으로 대무신가의 전력이 반 이상이 줄어들었기 때문이었다.

하나, 여전히 무림을 상대하는 데는 전혀 지장이 없었다. 그는 진무성이 주도권을 가지고 자신을 농락하는 행동을 하는 것을 더 이상 묵과할 수 없었다.

그래서 꺼낸 것이 바로 대무신가의 진정한 힘을 보여 주는 것이었다.

무림맹 경비대를 제거하는 것은 사실 대무신가의 총가가 이곳에 있다고 자인하는 것과 같아서 간부들은 불안한 내심을 비추기도 했지만 사공무경은 개의치 않고 명령을 내린 것이었다.

하룻밤 새에 삼십여 척의 경비선과 이십여 척의 쾌속선이 침몰하거나 불에 타 사라졌고 경비대원 이백여 명도 모두 시신으로 발견이 되었다.

호수에 둥둥 떠 있는 시신들을 수습하는 무림맹 무사들 중에는 통곡을 하는 자들도 있었다.

당연히 무림맹은 발칵 뒤집혔고 대처 방법도 변화가 생

기기 시작했다.

 단목환이 특정 지역을 포위하고 경계해야 한다고 했을 때, 반대하던 자들도 더 이상 나서지 않았다. 무시무시한 적이 무림맹 지척에 있다는 것을 안 이상 반대한다면 당장 간세로 낙인이 찍힐 수도 있는 상황이었다.

 가장 신속하게 움직인 것은 개방이었다.

 개방의 방주 천중신개는 구룡신개에게 당장 진무성을 만나 이번 사안에 대해 진무성은 어떤 생각을 하고 있고 어떻게 반격을 할 것인지를 알아 오라고 명을 내린 것이었다.

 "계속 참지는 않을 것으로 예상은 했지만 무림맹 경비대를 모조리 죽이다니 내가 완전히 허를 찔린 것 같아."

 "이자가 일과성이 아니라 계속 이런 식으로 무림인들을 죽이면 어떡하지요?"

 설화영은 사공무경이 삼가의 멸문에 대한 복수를 한 것은 아닌지 하는 걱정이 들었다. 만약 그렇다면 이제부터 진무성이 대무신가에 피해를 주면 혈겁으로 받아치는 아주 안 좋은 상황이 계속 이어질 수 있기 때문이었다.

 "희생자들에게는 안타까운 일이지만 궁극적으로는 더 나을 수도 있어. 더 이상 대무신가를 공격하는 데 있어 힘들게 설득을 해야 하는 과정은 빠질 수도 있으니까."

무림맹 경비대에는 무림맹의 모든 문파의 제자들이 다 있었다. 그것도 문파의 막내 같은 제자들이었다. 그런 제자를 잃은 이상 반대만 일삼던 문파들 역시 처신에 변화가 생길 수 있었다.

"그래도 사공무경이 계속 이런 식으로 반응한다면 진짜 전쟁이 벌어지기도 전에 너무 많은 희생자가 나올 것 같아 불안하네요."

너무 걱정하는 그녀의 손을 꼭 잡아 준 진무성은 마차를 몰고 있는 오병수에게 소리쳤다.

"오 영주, 최고 속도로 달려라. 항주에 빨리 가 봐야 할 것 같다."

"알겠습니다."

마부 자리에 앉아 있던 오병수는 채찍을 들어 말의 엉덩이를 강하게 때렸다.

* * *

항주는 축제 분위기였다.

천하에 이름난 부자들이 전부 항주로 모이고 있으니 당연한 현상이었다.

부자답게 끌고 온 수행원들이 수명에서 수십 명이나 되

었고 씀씀이도 다른 방문객들과는 차원이 달랐다.

"굉장하네요!"

모임이 열리기로 한 황금장의 전경이 그대로 보이는 한 주루의 이 층.

척 보기에도 범상치 않아 보이는 중년인과 청년이 자리에 앉아 술을 마시고 있었다.

이제 오시를 지나는 시간.

술을 마시기에는 너무 이른 시간이었다. 하지만 주루의 주인에게는 이르고 늦고보다는 그들이 무엇을 주문하느냐가 가장 중요했다.

항주의 전통주인 항유주와 잉어찜 그리고 팔색제육 등 산해진미가 그들의 자리에 놓여 있었다.

보통 사람들은 이름이나 들어 봤을까 할 정도로 엄청 비싼 요리들이었다. 특히 항유주는 한 병에 금자 한 냥에 달할 정도로 고가의 술이었다.

당연히 사람들의 이목이 그들에게 쏠릴 수밖에 없었다.

중년인과 청년은 자신들을 힐끔힐끔 계속 쳐다보는 사람들의 눈길을 느끼고 있었지만 그런 상황이 많이 익숙한 듯 태연하게 대화를 이어 갔다.

"창룡이라는 이름의 힘이지. 지금 항주는 천하의 모든 사람들이 살기를 원하는 최고의 도시 소리를 듣고 있다."

원래부터 항주는 잘사는 도시였다.

중원에서 가장 큰 세 곳의 무역항 중 한 곳과 물길로 이어져 있었으니 항구를 통해 들어오는 모든 물건들은 당연히 항주를 거쳐야 했다.

물건들이 모이니 상인들이 모일 수밖에 없었고 상인들이 모이니 돈도 몰리는 것은 당연했다.

하지만 항주 역시 홍항과 마찬가지로 천하에서 가장 악랄하다는 평을 듣던 흑도 왈패들 여럿이 활개를 치며 사람들을 괴롭히고 있었고 강도와 도둑은 너무 많아서 혼자는 낮에도 돌아다니지 않는 것을 당연시했었다.

그러나 천의문이 막간산에 들어서면서 항주 아니 절강성 전체가 경천동지할 변화가 생겼다.

그래도 다행한 것은 흑도들이 많이 죽는 불상사는 없었다. 창룡이라는 이름을 듣기만 해도 사색이 될 정도로 흑도들에게 진무성은 공포 그 자체였다.

흑도들은 항주에 천의문 분타가 생긴다는 말이 돌기 시작하자 자진해서 절강성을 떠나기 시작한 것이었다.

다음 일어난 변화는 그 많던 강도와 절도를 일삼던 범죄자들 역시 알아서 도망을 쳤다.

그저 총단을 세웠을 뿐인데 알아서 모조리 도망을 친 것이었다.

진무성이 주산군도의 해적을 모조리 주살한 사건은 항주의 변화를 더욱 가속시켰다. 나쁜 놈들이 모조리 사라졌고 상인들을 괴롭히며 돈을 뜯어가던 악질 포두들 눈치가 보이는지 괴롭히는 일이 줄어들었다.

 항주가 일 년도 안 되어 예전과는 비교할 수 없을 정도로 살기가 좋아졌다는 소문은 관을 통해 황실까지 전해졌다.

 그 보고에는 양민들이 진무성을 신처럼 따르고 관의 명령보다 그의 말을 더욱 따른다는 말까지 덧붙어 있었다.

 당연히 황실의 심기를 건드릴 수밖에 없었다.

 중년인과 청년은 동창 특무단에서 급파된 자들이었다.

 진무성에 의해 정적들을 모두 제거한 엄귀환은 동창 제독의 자리를 굳건히 지키는 데 성공했다. 특히 왕정의 죽음으로 더 이상 그를 흔들 수 있는 자들은 모두 사라졌다고 할 수 있었다.

 이제 황궁의 최고 권력자는 당연히 엄기환이어야 했지만 현실은 달랐다.

 엄귀환은 동창 제독이라는 자리만 보존했을 뿐 실질적인 권력을 손에 쥐지는 못한 것이다.

 그가 구문제독부 등에 비굴할 정도로 대응을 했고 중요한 시기마다 다른 결정을 하면서 환관들의 이익이 침해

되는 사례가 계속 이어지면서 환관 조직의 신망을 잃어 버린 탓이었다.

엄귀환과 진무성의 계약에 대해서 모르는 환관들로서는 당연히 가질 수밖에 없는 불만이었다. 그러면서 떠오르기 시작한 곳이 동창 특무단이었다.

동창 제독의 명령만 따르는 특무단이 엄귀환의 정적으로 등장한 것은 아주 특이한 일이었지만 원래부터 특무단주인 태역비는 환관 조직의 주목을 받고 있었다.

십이사례감은 엄귀환을 배제한 상황에서 동창 특무단을 독립 조직으로 정비하면서 감찰 기능까지 부여했다.

뒤에 알게 된 엄귀환이 펄쩍 뛰며 대로했지만 십이사례감 회의에서 결정된 사안을 뒤집기 위해서는 최소 여섯 사례감들의 도움이 필요한 데 실패하고 말았다.

권력의 추가 엄귀환에게서 동창 특무단으로 옮겨 가는 것이 눈에 보일 정도가 된 것이다.

하지만 동창 제독의 권한은 여전히 막강해서 그를 상대하기 위해서는 무엇인가 황제가 주목할 만한 큰 성과를 보이는 것이 아주 중요했다.

그리고 그 그물망에 걸린 사람이 나타났다.

바로 진무성이었다.

태역비 역시 처음에는 너무 거물이라는 판단으로 건드

리면 안 된다고 생각했었다.

하지만 동창 특무단에도 대무신가의 지시를 따르는 자는 존재했다.

그는 진무성을 잡을 경우 태역비가 얻을 수 있는 이익에 대해 설파했었다.

우선 진무성의 명성이었다.

태역비가 그를 건드리는 순간 태역비라는 이름은 당장 천하인들의 머리에 각인이 될 거라는 분석이었다. 천하의 창룡을 건드린 동창의 태역비라는 이름은 동창은 물론 환관들까지도 그를 보는 시선에 변화를 줄 것이 분명했다.

황궁의 권력 다툼에 천하인들의 평판이나 명성이 중요할까 싶지만 놀랍게도 매우 중요했다.

더욱 좋은 점은 진무성이 역모로 엮어 넣기에 최적의 조건들을 갖추고 있다는 사실이었다.

우선 그가 벌인 살인 행각과 양민들에게 천세라는 찬양을 받은 점, 정부에서 하지 못한 구휼을 관의 허락도 받지 않고 마음대로 했다는 것 등, 엮으려고 마음만 먹으면 모두 걸릴 수 있었다.

그들이 항주에 온 것은 항주의 양민들이 정말로 진무성을 황제처럼 따르느냐 아니냐를 조사하기 위해서였다.

물론 답은 이미 정해져 있었지만 반드시 거쳐야 할 요식 행위였다.
 그때 사람들이 우르르 창가 쪽으로 몰렸다.
 드디어 그들이 기다리던 자가 나타났음을 알리는 신호였다.

10장

"확실히 문제가 있는 것 같군요?"

마차가 보이고 그 뒤를 수백 명이 넘는 양민들이 따르며 환호하는 모습이 보이자, 청년은 얼굴을 찡그렸다.

황제가 아닌 자가 양민들에게 저런 환호를 받는 것은 그 자체만으로도 역모로 다스릴 수 있었다.

"문제야 예전부터 있었지. 하지만 창룡을 건드리는 것은 동창이라 해도 쉬운 일이 아니다."

"그렇다고 저런 황망한 짓을 벌이는 것을 보면서 그냥 둘 수는 없는 일 아니겠습니까? 지금 저자 같이 모든 사람들이 자신을 추앙한다고 착각을 하게 되면 저절로 역모의 씨앗이 자란다고 들었습니다."

"우리는 저자를 체포하러 온 것이 아니라 역모의 증거를 찾기 위해 온 것이다. 입 조심하고 저자의 눈에 띄지 않도록 해라."

"창룡의 명성이 아무리 높다 한들 저희는 동창의 특무단원입니다. 감히 저희에게 덤비기야 하겠습니까?"

"창룡이 군인 출신이라는 소문은 들어 봤나?"

"동창 조사부에서 창룡이 구문제독부 군관 출신이라는 정보가 있어서 조사를 했지만 실체를 밝히지 못했고 애초에 저런 고수가 군관을 했다는 것이 너무 터무니없어서 동명이인일 거라고 판단을 했다고 합니다."

"조사부의 판단이 아니라 제독 나리께서 덮었다고 하던데 그 말은 못 들었나?"

중년인의 말에 청년은 잠시 멈칫하더니 조심스럽게 답했다.

"……그런 말이 잠시 떠돌기는 했지만 누가 감히 그런 말을 계속 퍼뜨리겠습니까? 곧 사라졌다고 알고 있습니다."

엄귀환이 구문제독부와 관계 개선을 꾀하고 심지어 하던 조사들 마저 종료시키면서 환관 수뇌부에서는 뭔가 있다는 소문이 돌았었다. 그중 하나가 엄귀환과 창룡 간의 밀약이 있다는 것이었다.

환관 지휘부에서 동창의 최고 무력 집단인 특무단을 독립시키고 감찰 기능까지 부여한 것도 그런 소문들의 영향이 있었다.

그리고 청년은 그 감찰부 출신이었다.

"자네가 입이 무겁다는 말은 들었지만 나한테까지 그럴 필요는 없는데?"

"정말 제가 아는 것이 그게 다입니다."

"창룡에 대해서는 조사한 것이 없었나?"

"창룡에 대한 조사는 다른 태보감이 맡았었습니다. 모든 조사는 맡은 부서만 알고 보고는 단주님께 직접 하고 있었습니다."

청년은 동창 특무단 감찰부의 조장를 맡고 있는 고동명이었다.

태생이 고자였던 그는 사례감의 양자로 들어와 최고의 교육을 받은 환관 출신 중에서도 명문가 출신이었다. 젊은 나이에 태보감이라는 높은 지위에 오를 수 있었던 것도 능력이 출중한 때문이기도 했지만 그의 양부가 사례감이라는 뒷배가 있었기에 가능했다.

그래서 그런지 그는 자신이 환관이라는 것에 자부심을 가지고 있었다.

대부분의 환관들이 고자라는 신체적 열등감을 가지고

있다는 것을 생각하면 그가 얼마나 귀한 대접을 받으면서 자랐는지를 알 수 있었다.

그런 그에게 무림인은 그저 힘센 불한당 정도로 보이는 듯했다.

"자네가 창룡에 대해 말하는 것을 듣고 제대로 모르고 있구나 하는 생각이 들긴 했지. 다시 말하지만 창룡 앞에서는 절대 나서지 말게."

중년인은 특무단 감찰부 대주인 장흥길이었다. 지위는 청년과 같은 태보감이었지만 특무단에서도 대단한 무공과 능력의 소유자로 유명한 인사였다.

"장 대주님께서는 창룡을 대단하게 평가하시는 모양입니다?"

"특무단 추적부가 제황병 조사를 하다가 전멸한 소식은 들었나?"

"듣기는 했지만 곧 헛소문으로 밝혀지지 않았습니까?"

고동명의 반문에 장흘길은 고개를 살래 저으며 말했다.

"동창의 문제점이 같은 동창들에게도 책잡힐 여지가 있는 이야기라면 무조건 숨긴다는 데 있지. 그 소문은 헛소문이 아니라 사실이네. 특무단내에서도 무공이 강하다고 알려진 서철 태보감을 비롯 특무단원 삼십 명이 모두 죽었네. 그럼에도 동창에서 대대적인 조사를 하지 못하고 쉬쉬하며 숨기기에 바쁜 이유가 뭔지 아나?"

"······그 소문이 사실이었다고요?"

고동명은 충격이라도 받은 듯 눈이 커지며 되물었다.

"그런 사실을 제대로 공유하지 않으니까 자네처럼 세상물정을 모르고 동창이 무조건 최고인 줄 아는 관원들이 생기는 것일세. 하긴 이제 더 이상 동창이라고 할 수도 없겠지만 말이야."

"서철 태보감님과 삼십 명이나 되는 대원들이 전멸을 당했다니 도대체 범인은 어떤 놈들입니까?"

"조사를 제대로 하지 않았는데 범인이 누구인지 어찌 알겠나? 분명한 것은 범인들이 무림인이라는 것뿐이네. 자네는 누가 감히 동창을 건드리겠느냐고 생각하겠지만 무림인들은 동창이 아니라 동창의 할애비가 나타나도 눈에 거슬리면 죽이는 자들이다. 하물며 창룡은 무림인들 중에서도 최고의 무공을 지닌 자 중 한 명이다."

장홍길은 처음 강호에 나온 고동명이 주눅들지 않고 자신만만한 것은 고무적인 일이라고 생각했지만 그게 도를 넘어 교만해 보이자 일침을 놓은 것이었다.

물론 고동명의 안위가 걱정이 된 것이 아니라, 그를 데리고 다니는 자신까지 위험에 처해질 수 있다는 점 때문이었다.

"무슨 말을 하시려는 것인지 잘 알겠습니다."

고동명도 장홍길이 왜 이런 말을 하는지 눈치챈 듯 받아들였다. 하지만 심정적으로는 완벽하게 받아들이지 못한 듯 표정에는 약간의 불만이 보였다.

장홍길의 말 속에는 창룡이 마음만 먹으면 자신을 죽일 수도 있다는 것으로 들렸기 때문이었다.

"우리도 이제 슬슬 움직이자."

"어디서부터 시작하실 생각이십니까?"

"우선 민심부터 들어보고 아무래도 우려할 만하다 싶으면 성에 찾아가 성주님을 만나야겠지."

"창룡을 직접 만나 의중을 떠보는 것은 어떨까요?"

"무력을 가진 자를 자극하는 것은 오히려 역모를 부추기는 꼴이 될 수도 있다는 교육은 받지 못했나? 창룡은 지금 무림에서 영향력이 가장 큰 자 중 한 명이다. 그렇게 간단할 것 같으면 태보감인 우리를 둘이나 보내 이렇게 신중한 조사를 하라고 하겠나? 창룡의 눈에는 띄지 않는 것이 가장 좋다. 알겠나?"

"알겠습니다."

대답을 한 고동명은 창밖으로 시선을 돌렸다.

그의 눈에 마차를 다가오자 옆으로 물러서며 절을 하는 양민들과 마차를 따르는 수많은 사람들의 모습이 보였다.

'아무리 봐도 저놈은 위험한데……'

고동명은 진무성의 나이가 자신과 비슷하다는 것을 알고 있었다. 그럼에도 자신을 초라하게 만드는 그가 아주 마음에 들지 않았다.

그는 무의식적으로 진무성을 향한 살의를 느꼈다.

하지만 곧 실수를 느끼고 살의를 거뒀지만 이미 늦고 말았다.

마차의 창을 열고 사람들의 환호에 손을 흔들며 화답을 하고 있던 진무성의 눈이 그가 있는 주루의 창을 향했기 때문이었다.

'뭐야 저놈? 나를 알아본 건가?'

고동명은 진무성의 눈과 마주치자 기겁을 하며 급히 시선을 돌렸다. 마치 그를 향해 누굴까? 하고 묻는 듯한 눈이었다.

하지만 그는 곧 고개를 저었다.

첫 강호행이자 옷도 변복을 하여 양민처럼 위장을 하고 있는 그를 아는 사람이 있을 턱이 없었기 때문이었다.

* * *

"왜 그러세요?"

"눈이 마추치면 보일 거리에서 내게 살의를 보낸 바보가 있네?"

설화영의 질문에 진무성은 아무것도 아니라는 듯 답했다.

"대무신가일까요?"

"대무신가는 아니야. 무림인 같지도 않고…… 어쨌든 나한테 호의를 지니고 있는 자는 아닌 것 같으니 알아는 봐야겠지."

고동명 딴에는 매우 빠르게 숨었다고 생각했지만 이미 진무성은 그의 얼굴과 그의 몸에서 풍기는 기까지 모두 기억 속에 각인한 상태였다.

"어서 오십시오!"

황금장 가까이 오자 길 양 옆으로 도열하고 있던 수십 명의 황금장 상인들이 바닥에 엎드리며 크게 소리쳤다.

그리고 정문 쪽에는 황금장주인 송대율을 비롯한 최고 간부진들이 시립한 채 마차를 기다리고 있었다.

"아니! 총수님까지 뭐하러 나와 계십니까?"

진무성은 급히 마차에서 내려 송대율에게 포권을 하며 말했다.

"창룡 대협께서 친히 황금장에 공식적인 귀빈으로 오셨는데 노부가 어찌 안에서 맞겠습니까?"

전에도 황금장을 방문한 적이 있었지만 비공식적으로 들렀던 그때와 지금은 예우부터 달랐다. 거기다 나이가 젊을 뿐 진무성은 태평상단의 총수이기 때문에 송대율이 직접 나온 것은 어쩌면 당연한 일이었다.

진무성이 부총수인 송수국을 비롯한 황금장 최고 간부진들과 인사를 나누는 동안 설화영과 송백령도 기쁜 재회를 하고 있었다.

"언니, 저번 천의문 총단에서 헤어진 것이 한 달도 채 안 됐는데 마치 몇 년 만에 만난 것 같아요."

송백령의 말에 설화영도 미소를 지으며 답했다.

"그러게 말이다. 령 매도 잘 있었지?"

"호호~ 솔직히 문주님만 아니면 제가 바쁠 일이 뭐가 있겠어요?"

진무성이 언급한 천하상인협회가 황금장에서 가장 큰 사안이었음을 은연중에 밝히고 있는 그녀였다.

"맞아. 지금 모든 상단은 그 문제로 골치가 아플 거야."

"솔직히 문주님께서 원하시는 것이 무엇인지를 모르니까 더 걱정이 되나 봐요. 혹시 언니가 아는 것이 있으시면 제게 조금만 언질이라도 주세요."

안 될 것을 알기에 농담식으로 말했지만 그 안에는 그녀의 속마음도 들어 있었다.

"곧 알게 될 텐데 먼저 들어서 뭐하려고?"

설화영의 말에 그녀는 알고 있다는 것을 직감한 송백령은 더욱 다정한 목소리로 답했다.

"그래도 너무 무방비로 마주치는 것 보다는 어느 정도는 알고 대처하는 것이 더 쉽지 않겠어요?"

"물론 알면 대처는 더 쉬워지겠지만 문주님은 진심을 알고 싶어 하셔. 먼저 알려 준다면 모두는 고민하고 내키지 않는 결정을 할 수도 있겠지. 하지만 모르는 상태에서 듣게 되면 그들의 진심을 알 수 있거든."

송백령은 진무성이 이번 기회에 자신을 진심으로 따라 줄 아군과 마지못해 따르는 우군 그리고 거절할 적군을 가려 낼 생각이라는 것을 깨달았다.

"상인들은 자신의 속마음을 숨기는데 아주 능해요. 갑자기 말씀하신다 해도 그들의 진심을 알아내기는 쉽지 않을 거예요."

"그럴 수도 있겠지. 그런데 아니? 문주님께서는 진심까지는 확실하게 파악을 못하시지만 거짓말은 다 알아채신단다. 상대의 거짓말을 알아낸다는 것은 정말 놀라운 능력 아니겠어?"

누군가와 만나 상대가 거짓말을 하는지 아닌지를 안다는 것을 실로 경악할 능력이 아닐 수 없었다.

"그런 능력이 제게 있었다면 아마 황금장은 이미 천하제일 상단이 되었을 거예요."

"령 매라면 가능했겠지만 문주님은 사실 상단권까지 장악하실 생각은 전혀 없다는 것만은 확실하게 말해 줄게."

상권을 장악할 생각이 전혀 없다는 말은 이번 모임의 매우 중요한 사안이었다. 모두가 걱정을 하는 일 순위가 바로 진무성이 자신들의 상단을 잠식하는 것이기 때문이었다.

"어머! 벌써 다 왔네? 꽤 먼 거리인데 언니랑 대화하면서 오니까 마치 바로 앞을 온 듯 빨리 왔네요."

그들이 도착한 곳은 전에도 한 번 왔었던 황금장의 귀빈청이었다.

송대율과 송수국의 극진한 예우를 받으며 대화를 나누던 진무성의 눈에 이채가 나타났다.

귀빈청 앞에 낯익은 얼굴이 그를 기다리고 있었기 때문이었다.

11장

그녀는 진무성을 보자 매우 공손히 인사를 했다.

"오랜만에 뵙습니다."

"초대장에 대한 답이 없길래 종 총행수께서는 못 오실 줄 알았는데 용케 오셨구려?"

진무성을 기다린 사람은 암흑상단의 총행수가 된 종화려였다.

"상단 내에서 갑론을박이 좀 있었습니다. 다행히 총수님께서 결단을 내리신 덕에 올 수 있었습니다. 초대장에 답을 드리지 못한 것은 결정이 너무 늦게 났기 때문이었습니다. 정중히 사과드립니다."

"종 총행수께서 정중히 사과할 일은 아니지요."

"자, 여기서 이러지 마시고 안에 들어가서 편하게 대화를 나누시지요."

송대율의 말에 종화려는 급히 옆으로 비켜서며 말했다.

"문주님께서 먼저 들어가십시오."

암흑상단의 총행수 치고는 너무 예우를 지키자 황금장의 간부들은 역시 창룡이 무섭긴 무섭구나 하는 생각을 하며 뒤를 따라 들어갔다.

* * *

귀빈청 안에는 이미 도착한 상단의 총수들과 상단을 조직하지는 않았지만 지역에서는 알아주는 대상(大商) 중 친분이 있는 사람들끼리 삼삼오오 모여서 대화를 나누고 있었다.

"온 모양입니다. 어떻게 하지요?"

그때 밖의 동정을 살피던 하남의 대상 황수재가 급히 들어오며 말했다.

그러자 모두는 화들짝 놀라 대화를 멈추고 서로의 눈치를 보았다.

황금장의 총행수인 안태수는 먼저 도착한 이들에게 진무성이 번잡한 것을 싫어하는 성격으로 마중 나오지 않고 그냥 빈청에서 기다려도 된다는 언질을 이미 받았었다.

하지만 정말 이대로 안에서 맞아야 할지 아니면 나가서 좀 친근하게 맞아야 할지 갈등하지 않을 수 없었다.

하지만 누구도 먼저 자신의 생각을 말하지 않았다. 나가서 맞자고 하면 비굴하다는 말을 들을 수도 있었고 그렇다고 그냥 안에서 기다리자고 했다가 그 말이 진무성의 귀에 들어가면 미운털이 박힐 수도 있다는 불안감 때문이었다.

하지만 진무성에게 미운털이 박히느니 조금 비굴해도 먼저 그와 눈도장을 찍는 것이 유리하다고 판단한 사람들이 있었다.

그들은 눈치를 보며 멈칫거리는 모두를 보며 밖으로 달려나갔다. 그러자 갈등하던 다른 사람들도 뒤질세라 급히 그들의 뒤를 따라 나갔다.

청 안에 그냥 있었다고 해서 기분 나빠할 진무성이 아니었지만 그들은 아직 진무성에 대해 몰랐고 지금은 그저 두려움만이 그들을 압박하고 있었기 때문이었다.

문에서 빈청 안까지는 제법 긴 통로가 있었다. 밀폐된 통로는 아니었고 안쪽으로 뻥 뚫린 형태였는데 꽃이 만발한 아주 잘 가꾼 정원과 연못 그리고 그림 같은 정자가 지어져 있는 아름다운 장소였다.

진무성의 뒤를 따라 걷던 종화려는 헐레벌떡 달려오는 총수와 대상들을 보며 비소를 흘렸다.

'병신들!'

그들은 그녀가 암흑상단의 총행수라는 것을 알자 누구도 그녀와 눈조차 마주치려 하지 않았다. 상인들 사이에서는 암흑상단과 엮이면 패가망신한다는 소문이 있었기 때문이었다.

그리고 그것은 어느 정도 사실이기도 했다.

처음 암흑상단과 거래를 하면 돈이 굴러 들어온다는 말이 떠돈 적도 있었다. 암흑상단에서는 지상에서는 구하기 힘든 보물들을 구할 수 있었기 때문이었다.

하지만 거래한 물품이 사실은 고위 관리들이 도둑맞은 장물이거나 가보라는 것이 밝혀지는 순간 그들은 모두 관에 잡혀가 큰 곤욕을 치르고 재산을 몰수당하는 경우가 생겼다.

심지어 거래 물품 중 상당수가 밀수품인 것을 모르고 받았다가 망한 곳도 있었다.

그래서 천하상단 같은 거대 상단이 아니면 암흑상단에서 매년 두세 번씩 여는 경매에도 참여하지 않았다.

완전히 무시당하는 꼴에 처한 종화려는 분노했지만 그들에게 시비를 걸 수도 없었다.

그녀가 밖에 나와 있었던 데에는 그런 이유도 있었던 것이다. 그런데 그렇게 무게를 잡던 자들이 진무성이 도착하자 허둥대며 달려오는 모습을 보니 비소가 저절로 그려진 것이었다.

진무성 앞에 도착한 상인들은 진무성에게 조금이라도 먼저 인사를 하기 위해 동시에 포권을 하며 자기소개를 하기 시작했다.

"저는 호남의 유명상단의 총수인 성진환이라고 합니다."

"저는 절강의 대상 소중운입니다. 황금장주님께 문주님에 대해 많은 말을 들었는데 이렇게 직접 보게 되니 정말 꿈 같습니다."

소중운은 송대율과의 친분까지 들먹이며 아주 공손하게 인사를 했다.

"저는……."

진무성은 일일이 맞권을 하며 그들의 소개를 다 듣더니 편안한 웃음을 보이며 말했다.

"이미 오신 분들이 꽤 있으셨군요? 태평상단의 총수인 진무성입니다. 상업에 관한한 모두 제게는 높으신 선배님들이신데 뭐하러 나오셨습니까?"

"창룡 대협께서 오셨는데 감히 저희가 어찌 안에서 기다리겠습니까?"

"저는 지금 태평상단의 총수의 자격으로 왔습니다. 무림인이라고 생각하지 마시고 같은 상인으로 편안하고 허심탄회하게 말씀하십시오. 호칭도 이제부터는 그냥 진총수라고 불러 주십시오."

예상외로 진무성의 반응이 매우 부드럽고 온화하자 어느 정도 긴장이 풀렸는지 모두의 얼굴에는 웃음기가 그려지기 시작했다.

"자, 안으로 듭시다. 제가 조촐하게 다과도 준비했으니 곧 나올 것입니다."

흐뭇한 미소를 지으며 그 모습을 보던 송대율이 다시 안으로 들기를 권했다.

사실 지금 이 상황은 송대율로서는 매우 고무적인 상황이었다.

암살을 피해 천의문 총단으로 피신했을 때, 진무성이 갑자기 천하상인협회의 출범식을 황금장에서 하고 싶은데 괜찮냐고 물었다.

그때 그는 매우 고심했었다. 자신과 가족의 생명을 구해 주었고 황금장이 있는 절강성의 패자이기도 한 진무성의 뜻을 거역한다는 것은 현실적으로 불가능하다는 것은 알고 있었다.

하지만 승낙했을 경우, 일이 잘못되면 천하의 모든 상

인들의 손가락질을 받을 수도 있었기 때문이었다. 결국 승낙을 했지만 계속 자신이 한 결정이 잘한 것인지 확신을 못 하고 있었다.

그런데 송백령의 말대로 진무성에게 모든 것을 걸자고 마음을 먹자 황금장을 빌려 준 것이 절대 나쁠 것이 없다는 것을 알게 되었다.

진무성에게 모든 것을 건다는 마음 하나가 상황을 모두 긍정적으로 바꿔 버린 것이다. 그리고 그의 생각대로 상황은 황금장에게 이익이 되는 쪽으로 향하고 있음을 알게 되었다.

우선 오늘 먼저 도착한 총수들과 대상들이 그를 대하는 것이 완연히 달라져 있었다.

그들은 송대율과 진무성이 매우 가까운 사이라고 판단하고 있었고 송대율과 친해지는 것이 진무성과의 관계를 친밀하게 하는 데 매우 중요하다고 생각하고 있다는 것을 느낄 수 있었다.

진무성이 몰락한다면 황금장에게도 위기가 오겠지만 아무리 봐도 진무성이 몰락할 것 같지 않았다.

지금 분위기만 본다면 이번 상인들 모임에서 처음으로 천하상단을 제치고 황금장이 주도하는 상황이 만들어질 수도 있을 것 같았다.

천하 사대상단이라고 하지만 사실은 천하상단의 독주 체제라고 해도 무방할 정도 천하상단은 독보적인 상권을 가지고 있었다.

* * *

'천하상인협회에 가입하여 지휘부에 들어가라고……?'

다행히 모임에 도착하기 전 총가에서 보내온 지시를 받아 든 사공무송은 손가락으로 정수리를 눌렀다.

사공무경의 지시에 대해 거역은 생각해 본 적이 없지만 의아해한 적은 상당히 많았다. 그들의 생각이나 판단과는 다른 지시를 내리는 경우가 비일비재했기 때문이었다.

이번 지시 역시 그중의 하나였다.

천하상인협회에 가입을 할지 말지까지는 그도 열심히 분석을 했었다. 그리고 우선은 가입을 하지 않는 것이 좋다고 결론을 내린 그였다.

이유는 진무성이 천하상단에 무리한 일을 강권할 우려가 크기 때문이었다. 하지만 가입하라고 명이 내려온다 해도 궁금해할 정도는 아니었다. 가입을 하여 진무성을 반대하는 상인들의 구심점이 되어 그가 하려는 일을 방해하는 것이 필요할 수도 있다는 분석도 있었기 때문이었다.

하지만 지휘부에 들어가라는 것은 달랐다.

진무성이 무슨 짓을 할지 파악함과 동시에 그의 계획을 방해하는 것이 아니라 오히려 적극적으로 진무성의 일을 찬성하고 동조하라는 말이나 마찬가지이기 때문이었다.

처음부터 반대 세력의 구심점이 되는 것과 진무성의 편이 되어 하수인 노릇을 하다가 반대 세력으로 돌아서는 것은 천하상인협회의 결정 사안에 대한 영향력에서 큰 차이가 날 수밖에 없었다.

그는 지시 사항을 다시 한번 읽어 보더니 가볍게 손가락을 비비며 가루로 만들어 버렸다.

그때 경호대장 명성무가 그의 옆으로 다가서더니 조심스럽게 말했다.

"총수님, 여기서 더 지체하시면 모임에 늦을 수도 있습니다."

상인들 간의 만남은 그동안에도 여러 차례 있었지만 사공무송이 약속 장소에 일찍 도착한 적은 한 번도 없었다.

그렇다고 그런 그에게 뭐라고 하는 자들도 없었다. 사공무송의 비위를 건드린다는 것은 상단이나 상인들에게는 매우 위험한 짓이라는 것을 다 알고 있기 때문이었다.

그가 늦게 도착하는 데에는 시간관념이 없어서라기보다는 상대를 기선 제압하는 의미가 더 컸다.

그런데 지금 처음으로 늦는 것을 걱정하는 처지가 되었다는 것에 짜증이 확 몰려 왔다.

"내가 언제 상인들 모임에 일찍 간 적이 있다더냐!"

사공무송은 화난 듯 소리쳤다. 하지만 말과는 달리 몸은 자리에서 일어나 마차로 향하고 있었다.

사공무경과 진무성 간의 머리싸움의 결과는 어떻게 나타날까······

그러나 한 가지 분명한 것은 어떠한 머리싸움도 궁극적인 결말은 직접 부딪치는 전쟁에 의해 정해질 것이라는 점이었다.

그리고 전쟁의 끝이 어떻게 될지는 둘 다 어느 정도는 짐작하고 있었다.

그것은 시산혈해였다.

이미 대무신가의 삼가에 대한 반격이 무림맹 경비대의 전멸로 나타나고 있지 않은가······

단순하게 계산만 해 보면 삼가와 경비대의 전멸은 무조건 대무신가에서 더 큰 손해를 본 것이 분명했다. 하지만 삼가가 전멸한 것을 아는 무림인들은 거의 없었고 실지로 그 전력이 얼마나 대단했는지는 더욱 몰랐다.

결국 무림맹 경비대의 전멸은 무림에 더 큰 반향을 가져올 수밖에 없었다. 더욱이 그들이 전멸한 장소가 무림맹의 총단이 있는 무황도에서 반 시진 거리에 있는 섬들 사이라는 것이 더욱 큰 충격으로 다가오고 있었다.

* * *

무림맹 경비대 소식을 들은 단목환은 곧장 무림맹 총단으로 귀환했다.

이미 총단은 경계 태세가 비상으로 전환되면서 평소보다 두 배 이상의 인원이 총단 및 무황도의 경계에 돌입했고 분위기 역시 어수선했다.

오전에 열린 장로 회의는 밤이 되어가는 지금까지 이어졌고 오전 장로 회의를 끝내고 열린 무림맹 맹주단 회의 역시 아직까지 끝내지 않고 있었다.

"맹주님, 단목환입니다."

"들어와라."

하후광적은 단목환을 보자 아무 말 없이 자리에 앉으라는 손짓만 하고는 다시 입을 열었다.

"아직도 결론이 나지 않았느냐?"

그가 질문을 한 사람은 군사인 제갈장우였다. 그는 장

로 회의와 무림맹 간의 회의 결과를 받아 내기 위해 벌써 다섯 번이 넘게 두 회의장을 번갈아 오갔다.

"이대로 두고만 볼 수는 없다는 데는 이의가 없다는 결정은 내렸습니다."

"그런 면피용 결정을 말하는 것이 아니지 않느냐?"

-두고만 볼 수 없다.-

행동으로 보여 주겠다는 선언이었지만 그런 선언은 어린아이들도 툭하면 내뱉는 죽인다는 발언이나 다를 것이 없었다.

하후광적이 원하는 결정은 출동에 대한 허락이었다.

이미 여러 사건으로 인하여 소집령이 내려진 덕에 전쟁에 동원될 맹도들은 충분했다. 하지만 문제는 어느 무력대가 선봉에 서느냐였다.

당연히 선봉에 선 무력대가 엄청난 피해를 입을 것은 자명했다.

장로들은 무림맹에서 자체적으로 키운 무력대가 선봉에 설 것을 원했다. 하지만 하후광적은 소집령에 각 파에서 보낸 무사들로 이루어진 무력대를 선봉에 세울 생각이었다.

결국 지엽적인 문제로 지금까지 회의만 하며 시간을 보내고 있었던 것이었다.

'휴우~ 진 형이 왜 무림맹에 들어오려고 하지 않는지 이유를 확실히 알겠구나.'

모든 전말에 대해 이미 들은 단목환의 입에서는 탄식의 한숨이 저절로 새어 나왔다.

[제갈 군사님, 지금 맹도들 수백 명이 죽었습니다. 그런데 고작 이런 일로 장로회와 맹주단이 기 싸움을 하는 것입니까?]

단목환은 결국 하후광적의 질책에 아무 말도 못하고 있던 제갈장우에게 전음을 보냈다.

[공자는 지금 이게 장로회와 맹주단이 기싸움을 하는 것으로 보이십니까?]

[그럼 왜 출동을 하지 않고 어느 무력단을 보내느냐로 시간을 끄는 겁니까?]

[정확히는 이번 경비대의 전멸을 접하면서 모두 두려워하고 있다고 봐야지요.]

[두려워한다고요? 그럴 리가요? 사조님께서는 천하에 두려운 것이 없으신 분입니다.]

[맹주님께서는 당신이 다치시는 것을 두려워하시는 것이 아닙니다. 아직 꽃도 펴 보지 못한 젊은 후기지수들이

죽는 것을 두려워하십니다.]

[……그 정도입니까?]

단목환은 이번에 피해 입었다는 경비대가 단순히 전멸한 정도가 아니라는 것을 짐작할 수 있었다.

[누군지는 모르지만 경비대장 대룡신검 형 대협조차 일초 만에 죽었습니다. 다른 대원들 역시 거의 저항 한 번 제대로 못하고 모두 당했습니다. 그러나 적의 시신은 하나도 발견하지 못했습니다. 지금 장로회나 맹주단 모두 당장 공격에 들어가는 것이 맞는 것인지 고민하고 있는 중인 것이지요. 그러나 그 많은 맹도들이 죽었는데 아무 행동도 취하지 않는다면 지금 당장이라도 흉수들을 치고자 흥분한 맹도들을 설득할 수 없기 때문에 이러는 것입니다.]

[하지만 시간을 끌면 끌수록 흉수들의 추적은 더욱 어려워질 것입니다.]

"제갈 군사!"

무당의 무송진인의 부름에 전음은 거기서 끊기고 말았다.

"예 말씀하십시오."

"군사는 아무 의견도 말하지 않고 있는데 지금이야말로 군사의 의견이 필요한 때 아니겠소?"

"무림맹도로서의 답을 원하십니까 아니면 군사로서의 답을 원하십니까?"

"원시천존…… 허허! 빈도는 군사의 말을 이해할 수가 없구료. 단연히 군사로서의 답을 원하는 것이 아니겠소?"

"그렇다면 군사로서 의견을 말씀드리겠습니다. 이번 계획을 주창하신 단목 공자님께서도 오셨으니 더 말하기가 쉬울 것 같습니다. 저는 지금까지처럼 포위만 한 채 저들이 밖으로 나오는 것을 막아야 한다고 생각합니다."

"포위를 하고 있다가 그런 참혹한 꼴을 당했는데 계속 포위만 하자는 것이오?"

남궁지웅이 매우 뜻밖이라는 표정으로 반문했다. 그는 제갈장우가 당연히 총공격을 하자고 할 줄 알았기 때문이었다.

"그래서 제가 무림맹도로서의 의견을 말할지 군사로서 의견을 말할지를 물은 것입니다. 솔직히 제 마음 같아서는 당장이라도 저들을 징치하고 싶습니다. 하나, 한 번 생각해 보십시오. 저희는 저들이 있는 지역을 알지만 여전히 정확히 그들이 어디에 있는지를 모릅니다. 단목 공자님의 판단이 옳았습니다. 지금은 그들을 공격할 때가 아닙니다."

그의 말이 끝나자 모두의 시선은 뒤에 앉은 단목환에게

향했다.

"단목환, 네가 한 번 말해 보거라."

하후광적의 말에 그는 자리에서 일어나 앞으로 나갔다. 모두에게 공손히 포권을 한 그는 조심스럽게 입을 열었다.

"적들이 강하다는 것을 알면서 경비대만으로 포위망을 구축한 것은 누가 뭐래도 저의 불찰이 큽니다."

"공자님의 불찰이라고 할 수는 없지요. 장로회에서는 그것조차도 반대를 했으니까요."

"처음 이곳에 달려올 때는 당장 무력단을 규합해 제가 직접 대무신가의 총가를 공격할 생각이었습니다. 하지만 제갈 군사님의 말씀을 들어 보니 저 역시 맹도들의 죽음에 비분강개하여 시야가 좁아졌다는 것을 알았습니다."

"그럼 단목 공자도 계속 포위를 한 채 그들이 또 공격을 할 때까지 기다리자는 거요?"

"경비대만으로 포위를 한 것이 실수였습니다. 이제부터는 무림맹의 정예 무력단이 직접 포위망을 구축해야 한다고 생각합니다. 그리고 그 지휘는 제가 직접 맡겠습니다."

단목환이 직접 지휘를 맡겠다는 것은 자신의 모든 것을 걸겠다는 의미였다. 그리고 거기에는 자신의 목숨까지 포함되어 있었다.

"단목 공자의 결단에 경의를 표하지만 지휘를 맡는 것은 안 될 것 같습니다. 공자에게는 더 중요한 임무가 있지 않습니까?"

"지금 제가 맡은 임무는 다른 분이 맡아도 됩니다. 하지만 제가 저지른 실수는 제가 책임을 져야 한다고 봅니다."

"제 생각에 지금 하시는 임무를 대신하실 사람은 아무도 없습니다. 지금 상황을 해결하실 수 있는 분은 공자밖에 없습니다."

"그래서 제가 지휘를 맡아 그들을 상대하겠다는 것 아니겠습니까?"

"그것은 해결이 아니라 피해만 양산할 것입니다."

"제가 해결할 수 있다고 하지 않으셨습니까?"

"제 말을 오해하지 말고 들어 주십시오. 이번 사건으로 가장 분노하고 있는 젊은 무인들은 당장이라도 흉수들을 대대적으로 조사를 해야 한다고 주장하고 있습니다. 하지만 속으로 들어가면 상황은 다릅니다. 분노가 커지는 것과는 별개로 사기는 매우 떨어져 있습니다. 지금 무림맹에 사기를 높이려면 상직적인 인물이 필요합니다. 전 그분이 천의문의 진 문주라고 생각합니다."

"진 문주님을 그런 목적으로 부른다면 절대 오지 않을 것입니다."

"당연히 그렇겠지요. 그래서 단목 공자가 필요한 것입니다. 그분을 설득할 수 있는 분은 공자밖에 없습니다."

"제가 진 문주님을 불러 오기를 바라신다면 그만한 명분을 만들어 주십시오. 그러면 해 보겠습니다. 그리고 지금 진 문주님은 다른 일이 있어 어차피 당장은 어렵습니다."

"그분이 무슨 계획으로 지금 같은 상황에서 상인들을 불러 협회를 만든다고 하시는지는 저는 모릅니다. 그리고 막을 생각도 하지 않습니다. 하지만 하필 지금이어야 할까라는 의문은 듭니다."

단목환은 잠시 멈칫하더니 곤혹스러운 표정으로 답했다.

"그 문제에 대해서는 제가 지금 드릴 말씀이 없습니다. 분명한 것은 진 문주님이 하는 일은 다 이유가 있다는 것입니다."

"환아, 너의 소속은 군림맹이 아니라 무림맹이다. 진 문주 편에 서서 생각하기 전에 무림맹을 위해 어떻게 해야 할지를 먼저 생각하도록 하거라."

맹주단의 장로 중 몇 명의 표정이 미묘하게 변하는 것

을 눈치챈 하후광적이 즉시 주의를 주었다.

무림맹에서 키운 단목환이 진무성에게 너무 호의적으로 대하는 것은 좋은 점도 있지만 나쁜 점도 있었다. 하후광적은 그가 너무 나가지 못하도록 제동을 걸어 준 것이었다.

단목환도 하후광적의 의도를 직감하고 급히 포권을 하며 말했다.

"전 이전에도 지금도 그리고 이후에도 무림맹 소속일 것입니다. 군림맹과 진 문주님은 무림맹에 아주 중요하고 도움이 되는 우군이라고 판단하고 있을 뿐입니다."

"그럼 군사의 말은 다시 의논을 하고 너는 어떻게 했으면 좋겠느냐? 여기까지 달려왔을 때는 생각한 것이 있지 않겠느냐?"

단목환은 즉답을 하지 못했다. 그 역시 다른 후기지수들과 마찬가지로 혈겁의 소식을 듣자마자 분해서 당장 쳐들갈 생각으로 달려왔기 때문이었다.

제갈장우의 말을 듣고는 이성을 되찾은 그는 자신의 짧은 생각에 탄식이 나오고 있었다.

그리고 진무성이 모든 상황을 아주 냉정하게 직시하고 있음을 느낄 수 있었다.

무림맹이 사안에 대해 결정을 너무 느리게 한다고 탄

식을 했던 그 역시 별로 다를 것이 없었다는 것을 자각한 그의 마음은 답답할 뿐이었다.

* * *

"상공 뭐가 보이세요?"

다른 사람들의 방해를 받지 않도록 귀빈청에서도 가장 안쪽에 위치해 있는 진무성의 거처에는 작은 정원이 딸려 있었다.

상인들과 천하상인협회에 대해서는 한 마디도 하지 않고 신변잡기식의 즐거운 대화만 하고 헤어진 진무성은 잠도 자지 않고 하늘만 보고 있었다.

"천기가 보고 싶다고 보이는 게 아니잖아?"

설화영의 말에 미소를 지으며 답한 진무성의 표정은 그리 편치 않아 보였다. 조금 전까지 귀빈청의 만찬에서 보인 밝은 모습은 전혀 보이지 않았다.

"그럼 무슨 생각을 하세요?"

"내가 너무 안이하게 판단한 것은 아닌지 걱정이 되네."

"무림맹 경비대 전멸 소식 때문에 그러세요?"

"편히 노후를 보내고 계시던 만수제군까지 나 때문에 나서셨는데 그분 역시 시신으로 발견이 되었다고 하니 영 마음이 불편하네. 그분께 죄송스럽기도 하고 말야."

"계획을 세우는 것까지만 사람들의 몫입니다. 결과가 계획과 다르게 나타났다고 계획을 짠 사람의 잘못은 아니지요."

"그렇다 해도 내가 너무 단순하게 판단했던 것은 분명한 실수인 것 같아. 사공무경이 이런 반격을 할 것도 염두에 뒀으면 이렇게 큰 희생은 없었을 텐데 말이야."

"상공, 제가 생각해 보니 상공께서 대무신가를 대적하는 동안에는 이번 일과 같은 혈겁은 계속될 것 같아요. 그는 상공께 입은 피해를 정파에게 풀려고 하는 것 같아요."

"난 사공무경이 다른 마도인들과는 그래도 다른 자라고 생각했는데……."

"다른 자인 것은 맞아요. 이번 혈겁도 보통 마도인들이 벌이는 치졸한 복수극이 아니라 나름 이유가 있는 것 같아요. 전 그자가 상공의 성정을 벌써 파악한 것은 아닌지 걱정입니다."

"그게 무슨 말이야?"

"상공을 흔들기 위해서, 아니면 협박일 수도 있겠지요. 그러면 무림과는 아무 상관도 없는 양민들까지도 대량 학살하는 만행을 벌일 수도 있다는 생각이 언뜻 들었습니다."

"나도 무림맹 경비대 소식을 듣고나서 그런 생각을 하긴 했었어. 하지만 그렇다 해도 좀 이상해. 사공무혈의 말마따나 그렇게 강한 자라면 왜 직접 나서서 나를 제거하지 않는 것일까?"

처음에는 터무니없다고 치워 놨던, 사공무경이 천마환혼대법으로 환생한 누군가일지도 모른다는 생각은 점점 사실일지도 모른다는 확신으로 변해 가고 있었다.

그리고 그가 진무성 역시 천마환혼대법과 연관이 있다는 것을 알고 있을지도 모른다는 정황도 보이고 있었다. 사공무혈 덕분에 알아낸 것들이었다.

그중 진무성이 가장 의아하게 여긴 것이 사공무경이 사공무혈에게 진무성이 필요하다고 했다는 말이었다.

마노야의 지식을 모조리 뒤져 봐도 자신이 필요한 이유를 알아낼 수 없었다.

"……상공. 지금 제가 하는 말은 그냥 흘려 들으셔도 됩니다."

매우 조심스럽게 말하는 설화영을 보며 진무성은 정색을 하며 말했다.

"지금까지 영 매의 말 중 그 어떠한 말도 흘려들은 적이 없었어. 우선 말해 봐."

"사공무경이 직접 상공께 오지 않는 이유가 그럴 수밖

에 없는 이유가 있지 않나 싶습니다."

"그렇다면 그럴 이유가 뭘까?"

"사공무혈이란 자에게서 알아낸 정보들을 곰곰이 생각해 보았습니다. 그자가 나올 수 없는 이유는 없었습니다. 그가 상공이 필요하다고 했습니다. 그럼 상공만 필요한 것이 아니라 상공께서 자신이 있는 곳으로 와야만 하는 것은 아닐까요?"

순간 진무성의 눈에 이채가 나타났다.

자신이 그가 있는 곳으로 와야만 할 이유가 무엇일까……

진무성의 표정이 딱딱하게 굳어졌다. 그가 마지막 기연을 얻은 후, 마음이 그 어느 때보다 평온했다는 것을 감안한다면 그에게 굉장히 충격적인 생각이 들었다는 것을 알 수 있었다.

12장

12장

"왜 그러세요?"

"사공무경이 왜 나를 필요로 하는지 그리고 왜 직접 오지 않는지 이유를 알 수도 있을 것 같아."

"정말이세요?"

"처음엔 짐작만 했을 뿐이지만, 고민하다 보니 맞을 것 같아."

"이유가 뭐라고 생각하시는데요?"

"마노야는 만년천지음양과를 발견한 후, 익기를 기다리느라 육백 년을 그 동굴 안에서 버텼어. 드디어 만년천지음양과가 익었지만 그는 직접 먹지 못하고 마교에서 자신이 안배한 젊은 자가 오기를 기다렸어, 내가 갑자기 천장에서 떨어져 만년천지음양과를 먹어 버리면서 모든 계획이 어긋나 버렸지만 말이야. 하나 분명한 것은 마노야에게는 자신의 정신이 들어갈 튼튼한 신체가 필요했다는 거야."

"그 신체가 강하면 강할수록 더 유리하겠네요?"

"맞아. 사공무혈에게서 얻은 정보에 따르면 사공무경은 최소한 백오십 살은 넘은 것 같아. 아무리 내공이 높은 사람도 나이가 이갑자가 넘으면 신체 기능이 떨어진다고 알려져 있어. 그렇다면 사공무경 역시 몸에 문제가 있을 거야. 젊고 강한 신체가 필요할 시점이 됐을 거란 말이지."

"그럼 지금 사공무경은 상공을 자신이 들어갈 신체로 생각하고 있을 수도 있겠군요?"

"내가 필요하다고 했어. 그리고 지금 내가 대무신가에 끼친 엄청난 손해와 이대로 갈 경우 벌어질 여러 위험성을 생각한다면 나 같아도 나를 제거하려고 했을 거야. 하지만 그는 나를 제거하기는커녕 나를 보호하라고 명을 내려서 대무신가의 간부들이 전부 의아해했다고 했어. 그동안 여러 이유를 생각했지만 모두가 모순이었어. 그런데 그가 나를 자신의 정신이 거쳐 갈 신체 중 하나로 생각했다면 모든 아구가 맞아."

"상공의 말씀을 듣고 보니 일리가 있네요."

"그런데 천마환혼이체대법을 실시하려면 준비할 것이 여럿 있어. 그중 가장 중요한 것이 정신을 옮길 신체의 소유자가 이지를 가지고 있으면 안 돼. 마노야가 실패한 이유가 내가 이지가 그대로 있는 상황에서 급하게 들어왔기 때문이었거든."

둘은 서로를 쳐다보았다. 그동안 그들이 느꼈던 의문이 일거에 해소되었기 때문이었다.

잠시 침묵이 흘렀다.

천하의 누구도 믿을 수 없는 소설 같은 추정이었다. 하나 그 상황을 직접 겪은 진무성과 그를 믿는 설화영의 표정은 심각할 대로 심각해져 있었다.

만약 그들의 추정이 사실이라면……

두 가지 사실을 같이 추론할 수 있었다.

진무성이 생각보다 매우 위험한 상황이라는 것과 진무성이 사공무경에게 신체를 빼앗기게 될 경우 천하는 더 큰 위험에 빠지게 될 것이라는 점이었다.

"상공, 이렇게 되면 모든 계획을 수정해야 하지 않을까요?"

"당연히 수정해야겠지. 아니 수정이 아니라 아예 통째로 바꿔야 할지도 모르겠어."

"어떻게 하시려고요?"

"우리 짐작이 맞다면 내가 사공무경이란 자에게 정말 대단히 중요한 사람일 수도 있는 거잖아?"

"자신의 다음 신체인데 자기 몸처럼 중요하겠지요?"

"영 매, 두 사람이 싸우고 있는데 한 사람이 상대의 중요한 것을 가지고 있다면 누가 더 유리할까?"

"그 중요한 것이 무엇이냐에 따라 다르겠지요?"

"자신의 목숨에 비견될 만한 것이라면?"

"당연히 중요한 것을 가지고 있는 자가 주도권을 가지고 싸울 수 있지 않겠어요?"

"맞았어. 지금까지는 내가 많이 불리한 싸움이었지만 오히려 이제부터는 달라진 거지."

겉으로 보기에는 진무성에 의해 대무신가가 대단히 큰 피해를 입었고 총가까지 어디에 있는지 알려진 이상 대무신가가 매우 불리한 상황에 있다고 봐야 했지만 현실은 달랐다.

사대 금지 구역과 삼 지가가 멸문했지만 여전히 대무신가의 전력에 대해 정확히 아는 것이 없었다. 그저 강대하는 것뿐. 사공무경을 비롯한 대무신가의 간부들 역시 몇몇 서류와 사공무혈에게서 얻은 정보가 다일 뿐 아는 것이 거의 없었다.

한마디로 여전히 대무신가에 대해 아는 것이 거의 없다는 말이었다.

"상공께서 갑자기 그런 추정을 하셨기에 다행이지 안 그랬으면 사공무경이 원하는 대로 총가로 잠입을 하셨을 수도 있었잖아요?"

그녀의 말에 진무성의 눈이 살짝 커졌다.

무림맹 경비대를 모두 죽인 사건은 무림맹 전체를 경악하게 할 엄청난 사건이었지만 사실 대무신가에서 그런 짓을 벌인 것은 오히려 사태를 악화시켰을 뿐이었다.

단목환이 더 강력한 포위망을 주장했지만 채택이 되지 못한 것은 간세들의 책동도 원인이었지만 가장 큰 이유는 실체가 없다는 것이었다. 심지어 단목환은 정보를 어디서 얻었는지도 포위하는 곳이 무엇인지도 말하지 않았었다.

그런데 경비대를 죽이면서 실체를 확인시켜 주었고 포위한 곳이 매우 위험한 곳이라는 것도 모두에게 각인시켜 주었다.

결국 단목환이 주장한 곳이 대무신가의 총가가 있을 것으로 추측이 된다는 가정이 사실화되어 버린 것이다.

그것은 대무신가에서 절대 유리하지 않았다.

그럼에도 그런 짓을 벌인 것은 설화영의 말대로 진무성

이 숨어 들어오기를 바라고 행했다고 보는 것이 맞을 것 같았다.

실지로 진무성은 천하상인협회의 출범식을 끝내고 나면 군산을 직접 은밀하게 방문할 생각을 하고 있었다.

"사공무경이 원하는 대로 해 줄 수는 없겠지. 우리의 추정이 맞는다는 가정하에 그자가 원하는 것과 반대로 행동한다면 결국 직접 나설 수밖에 없을 거야. 그러고 보니 사공무혈이 영 매를 납치하려고 했던 것도 협박용이 아니라 나를 끌어들일 생각으로 벌인 일이었어."

사공무경이 그렇게 강하다면 진무성이 더 강해지기 전에 직접 와서 제거하는 것이 가장 간단한 데도 이상하게 일을 복잡하게 이끌어가서 계속 사공무경의 의도가 무엇인지 짐작을 할 수 없었다.

그런데 이유를 추정하자 그동안 의아했던 대무신가의 행보들이 하나씩 이해가 가기 시작했다.

"그런데 상공."

"응?"

"상공의 추측대로 사공무경 그자가 천마환혼이체대법으로 부활한 자라면 도대체 누구였을까요?"

그녀의 질문은 어쩌면 지금 상황에서 가장 중요한 질문일 수도 있었다.

마노야의 기억 덕에 마교의 역사와 상황에 대해 누구보다도 잘 알고 있는 진무성이었지만 거기까지는 전혀 짐작이 가지 않았다.

우선 마노야는 자신의 윗대에서는 천마환혼이체대법에 성공한 사람은 한 명도 없다고 확신하고 있었다. 그렇다면 마노야의 후대에서 나왔다고 할 수 있었다. 하지만 마노야 이후는 진무성도 아는 것이 전혀 없었다.

"천마환혼이체대법을 펼치기 위해서는 의술에 아주 능통하거나 능통한 자가 옆에서 도와주어야만 가능해. 우선 마교에서 의술이 능통했던 자들을 위주로 조사를 해봐야 할 것 같아."

"천마환혼이체대법을 펼치려면 무공도 뒷받침되어야 하지 않나요?"

"내공이 최소한 삼 갑자는 되어야 하는 것으로 알아. 하지만 그에 못지 않게 아주 철저한 준비를 해야 해. 특히 새로운 신체를 제공할 자를 한 명 만드는 데 드는 비용과 시간은 실로 대단해서 천문학적인 비용이 들어간다고 했어."

"상공께서는 전혀 준비가 없었잖아요?"

"나 같은 경우는 만년천지음양과를 먹는 덕분에 가능했던 것 같아. 사실 마노야는 내 생명의 은인일 수도 있어."

"왜요?"

"나처럼 내공도 없고 운기도 할 줄 모르는 사람이 만년천지음양과를 복용하면 무조건 죽어. 마노야가 앞뒤 재지 않고 내 몸에 들어온 것도 내가 죽으면 만년천지음양과가 그대로 소멸되기 때문에 문제가 생길 것을 알면서도 급히 들어올 수밖에 없었던 거거든."

"그렇다면 생명의 은인이 될 수가 없지요. 자신의 이익을 얻기 위해 행한 일이니까요. 그는 상공을 너무 오랜 시간 고통스럽게 괴롭혔잖아요. 그런 생각은 맞지 않다고 봅니다."

"그냥 그렇다고."

진무성이 멋쩍은 표정으로 답하자 설화영이 그 사이 나름 정리한 것을 말했다.

"우선 내공이 삼 갑자 이상이어야 하고, 의술에 매우 능통해야 해요. 천마환혼이체대법은 마교에서도 보물로 마교도라고 해도 함부로 볼 수 없었다고 하니 마교에서 그자의 지위는 마교의 비급들을 마음대로 볼 수 있는 최고위 간부 출신일 거예요. 그리고 마교에서는 이미 죽었다고 알려졌거나 최소한 누구도 모르게 사라진 인물일 것입니다. 마교의 교주라면 그런 자에 대해 아는 것이 있지 않을까요?"

진무성이 마교도와 접촉하는 것을 극구 꺼려하는 그녀였지만 진무성의 목숨뿐만 아니라 정신까지 빼앗길 수도 있다고 생각하자 어쩔 수 없이 마교의 교주까지도 만날 생각을 하고 있었다.

"글쎄? 그들은 전대 교주가 사공무경에게 제압당하면서 하수인으로 전락하고 말았어. 만약 그가 누구인지 알았다면 그런 일이 벌어질 수 있을까? 사공무경 그자가 마교도이면서 왜 마교에게 그런 행동을 했는지는 아직 모르지만 전대 교주나 현 교주인 구유마종이 사공무경을 모르는 것만은 분명해."

"모습이 완전히 달라졌으니 당연히 모르는 것 아닐까요?"

"사공무경의 나이가 이갑자를 훨씬 넘겼다고 했어. 그렇다면 사공무경의 몸에 들어간 자는 최소한 이갑자나 삼갑자 전의 인물이어야 해. 어쩌면 더 오랜 전 인물일 수도 있고."

"상공, 천마환혼이체대법을 새롭게 부활한 자가 늙으면 또다시 천마환혼이체대법으로 다른 사람 몸에 들어가는 것이 가능할까요?"

잠시 뭔가를 꼴꼴히 생각하던 진무성은 고개를 저었다.

"마노야도 거기까지는 모르는 것 같아. 아무것도 찾아

지지가 않네."

"마노야도 모른다면 가능할 수도 있다는 거네요?"

"반반이겠지. 영 매는 그자가 여러 번 부활을 했다고 생각해?"

"사공무혈이란 자의 무공이 거의 파천혈마와 겨룰 만하다고 하셨잖아요?"

"응."

"그런 자가 스스로 자신은 사공무경이 죽일 생각만으로도 죽일 수 있다고 했어요."

"난 그 말은 믿지 않아. 그런 절대 고수를 생각만으로 죽일 수 있다면 그건 이미 무공의 범주를 벗어난 것 아니겠어?"

"최소한 사공무혈이란 자가 엄두도 못 낼 정도로 강한 것만은 사실인 거 아닐까요?"

"대단히 강한 것만은 사실일 거야."

"마교에 그런 고수가 나타났다면 분명 무림에도 이름이 흘러나왔을 거예요. 하지만 그런 정도의 고수는 한 번도 등장한 적이 없잖아요?"

"말을 듣고 보니 이상하긴 하네? 마교의 잔당들이 여러 차례 무림에 혈겁을 일으켰지만 곧 패퇴했어. 만약 사공무경 같은 고수가 있었다면 패한 쪽은 무림이 됐을 수도 있었을 텐데 말이야."

"그래서 전 불안한 것이 신체를 바꿀 때마다 무공이 더 강해질 수도 있지 않나 하는 생각이 들었어요."

"영 매의 우려가 사실이라면 정말 큰일이군. 아무래도 사공무경이란 자의 진정한 정체를 알아낸 후에 그를 상대하는 것이 안전하지 않을까란 생각이 드네."

"저도 그래서 드리는 말씀입니다. 상대를 모르는 상황에서 그의 앞에 나타나는 것은 용기가 아니라 만용입니다. 지피지기면 백전불태라 했습니다. 저도 사공무경이란 자에 대해 확실히 알 때까지 정면 대결을 하는 것은 지양하셨으면 합니다."

고개를 끄덕이는 진무성의 머릿속은 아주 복잡했다. 그에게 전이된 마노야의 기억 속에서 천마환혼이체대법을 시도해 본 사람은 마교에서도 마노야뿐이었다.

그가 이상하게 생각하는 것은 마노야가 안탕산으로 들어갈 때 천마환혼이체대법이 적힌 비법서를 마교의 아주 은밀한 곳에 숨겨 놓았다는 것이었다.

물론 오랜 세월이 지났으니 누군가 찾을 수 있을 가능성이 없는 것은 아니나 마노야는 자신 이외에는 누구도 찾을 수 없을 것이라고 자신했었다.

만약 아완도 찾지 못했다면 마노야보다 이전 인물이라

는 말인데 그것은 사공무경이 최소한 육백 년 전의 인물이라는 의미가 된다.

너무도 터무니없다는 생각에 진무성은 그 말만은 설화영에게 하지 않았다.

그때 설화영이 깜짝 놀란 표정으로 하늘을 가리켰다.

"상공, 저기를 좀 보세요!"

설화영이 가리킨 곳을 본 진무성의 표정도 살짝 변했다.

아직 천기를 해석할 정도의 실력이 안 되는 그로서는 지금 나타나는 변화가 무엇을 의미하는지는 알 수 없었다.

하지만 천기가 눈앞에서 시시각각 변하는 것을 본 적은 처음이었다.

"저게 뭐지?"

"상공도 변화가 보이세요?"

"응, 보여. 하지만 저 변화가 무엇을 의미하는지는 모르겠네."

"지금 당장은 저 변화가 무엇을 의미하는지는 저도 파악할 수는 없어요. 중요한 것은 천기를 보는 중에 변화가 감지됐다는 것이에요."

"천기를 보고 하루 낮이 지난 후 천기가 달라진 것을 본 적은 몇 번 있었지만 그날 변화를 직접 본 것은 나도 처음이야."

 사실 진무성은 설화영처럼 천기를 살피는 날을 정하지 않고 밤만 되면 시도 때도 없이 천기를 보았다. 그리고 지금은 아예 생활화가 되어 버렸다고 할 정도였다.

 당연히 무조건 밤하늘의 별을 본다고 천기를 보는 것은 아니었다. 어떤 색깔의 기가 어떤 흐름을 보이는지 변화는 어떤지 새로운 별이 나타났는지, 기존의 별 중에서 특이한 변화를 보이는 별은 없는지 등등 살필 것이 매우 많았다.

 그렇게 다 살펴서 정확하게 해석이라도 하면 다행이었다. 진무성 같은 경우에는 내일 날씨를 맞추는 것보다도 정확도가 떨어졌다.

 설화영 역시 전반적으로 좋은 일이 생길지 아니면 나쁜 일이 벌어질지를 아는 정도로만 해석하라고 했었다. 실지로 그녀 역시 아무 특별한 때에만 해석이 가능했기 때문이었다.

 사공무경 같이 천기를 통해 자신에게 위험이 되거나 이익이 될 아이가 태어나는 것은 물론 그 장소까지 알아내는 것은 실로 예외적인 엄청난 능력이었다.

 "그자도 분명 저 변화를 보았을 거예요."
 "영 매도 아직 의미를 해석하지 못했다고 하지 않았어?"

"못했어요. 하지만 중요한 것은 바로 지금 천기가 변했다는 것이에요."
"의미가 중요하지 그게 중요한가?"
"변화를 만든 것이 무엇이냐는 거지요. 그리고 그것을 저희가 보았다는 것도 매우 의미심장해요."
천기가 변해 가는 모습을 보여 준 시간은 찰나라고 해도 될 정도로 짧았다. 그러나 그 순간을 둘이 같이 보았다.
그렇게 천기를 보아도 본 적이 없던 현상을 그것도 매우 짧은 시간 동안 이루어진 것을 둘이 보았다는 것은 천기를 해석하는 데 매우 중요한 의미를 갖게 된다.
천기의 변화에는 우연이란 없기 때문이었다.
"좀 자세히 설명해 봐."
"상공의 짐작이 맞았다는 반증이 아닐까 싶어요."
"사공무경이 내 신체를 원한다는 추측 말이야?"
"예, 상공께서 그 사실을 눈치챈 것과 눈치채지 못한 것은 천하의 향배가 바뀔 정도로 큰 일이라고 봅니다. 천기는 커다란 계기를 만드는 상황이 아니면 변하지 않아요."
진무성은 천기를 보는 데 있어 절대로 해서는 안 된다는 자신의 주관적 생각을 끼워 넣고는 흥분해서 말하는 설화영의 얼굴을 빤히 보다 그만 미소를 짓고 말았다.
"영 매 말을 듣고보니 정말 그런 것 같네. 아마 내게 유리하게 천기가 바뀌었을 거야. 난 영매를 믿어."

그녀가 주관적인 자신의 생각을 끼워넣었다는 것은 그만큼 진무성을 염려하고 사랑한다는 증표였다.

이제 천기의 변화가 무엇을 의미하는지는 진무성에게 더 이상 중요하지 않았다.

'천기 따위 상관없다. 예지, 그런 것도 내겐 더 이상 없어. 모든 것은 내가 결정할 거야.'

진무성은 설화영을 보며 그녀를 위협하는 것은 천기라 할지라도 막아 내겠다고 다짐했다.

* * *

설화영의 짐작대로 천기의 변화는 사공무경도 보고 있었다.

"저게 뭐지? 하루에 천기가 저렇게 변한다는 것은 뭔가 예상 못한 변수가 발생했다는 의미인데……."

"무슨 변고라도 생긴 것입니까?"

"지금도 미미하게 계속 변하고 있어서 나도 아직은 모르겠다. 완전히 자리를 잡으면 알게 되겠지……."

대수롭지 않다는 듯 말하고는 있었지만 그의 표정은 절대 예사롭지 않았다.

'이놈이 또 내 일을 방해할 생각인가……?'

사공무경의 눈에 본노가 어리기 시작했다.

그가 자주 언급하는 놈이란 누구를 말하는 것일까?

계속 하늘을 보고 있던 사공무경이 사공무천을 보며 말했다.

"정운에게 말해서 지금부터 한 시진 전후로 천하에서 일어난 모든 사건들을 내게 올리라고 해라."

"어떤 사건 위주로 올리라고 할까요?"

세상은 넓고 사건은 많았다. 만약 모든 사건을 올린다면 그 양은 엄청날 것이 분명했다.

"누가 봐도 큰 사건, 별거 아닌 것 같은데 이상하게 보이는 사건, 본 가의 예상에 없었던 사건 위주로 올리라고 해라. 무엇보다 창룡과 관련된 것은 아무리 소소한 것이라도 다 올린다."

"그렇게 전하겠습니다."

사공무천이 나가자 사공무경은 다시 하늘로 시선을 돌렸다.

창룡이 창귀로 불리던 시기, 언제나 명료하게 해석이 되건 천기가 갑자기 흐려지기 시작했다.

다른 것은 아무 이상이 없었고 단지 창귀에 대한 것만이 읽혀지지를 않았다. 그런데 지금은 거의 모든 사건에서 천기가 읽히지 않았다.

 그것은 창룡의 영향력이 점점 커지면서 천하에서 일어나는 모든 사건에 작건 크건 창룡이 연관되었다는 의미였다.

 창룡이 더욱 커지고 무림 전체를 아우르는 절대자로 등극하게 된다면 그의 천기를 보는 능력은 아예 무용지물이 되어 버릴 수도 있었다.

 하늘의 뜻을 바꿔 버릴 정도의 능력을 가진 자라면, 그조차 천기로 알아볼 수 없었다.

 그가 그동안 천하를 암중에서 지배했지만 누구도 알아채지 못한 것도 그가 역천(逆天)의 능력을 지니고 있기 때문이었다.

 하지만 세세하게 읽지를 못할 뿐 큰 틀에서의 천하 정세만은 여전히 아무 문제없이 해석을 할 수 있었다. 그리고 지금까지 전체적인 판도에는 아무런 변화가 없었다.

 진무성이 아무리 날고 긴다 해도 전체적인 판도까지는 흔들지 못하고 있다는 방증이었다. 그런데 그 전체적인 판도에 미세하게 균열이 감지 됐다.

 그것도 그가 천기를 보고 있는 상황에서 변화가 시작됐다. 뭔가 판도를 바꿀 사건이 아주 급격하게 벌어졌다는 것이 분명했다.

도대체 멀쩡하던 천기를 다시 그려야 할 정도로 엄청난 변수의 정체가 무엇일까……

'좀 피곤하긴 하지만 아무래도 나도 직접 파악을 해 봐야겠어.'

사공무경은 자신의 자리에 앉더니 눈을 감았다. 그러자 그의 몸 전체가 불길한 핏빛 기운으로 덮히는가 싶더니 곧 방 안 전체가 한 치 앞을 볼 수 없을 정도로 진한 핏빛 강기로 꽉 차 버렸다.

그리고 일각쯤 지났을까……

그의 몸 주위에서 아주 가느다란 혈선들이 벽과 천장 심지어 바닥까지 뚫고 퍼져 나갔다.

그는 수백 년 동안 무림의 중요 장소에 그만이 아는 부적들을 숨겨 놓았었다. 그 부적은 복술가들이나 무당이 사용하는 허접한 종이 부적이 아니었다.

그것은 천년이 넘은 자연의 바위이기도 했고 수령이 수백 년이 넘는 나무일 수도 있었다.

벽에 붙어 있는 그림과 조각상 등 헤아릴 수밖에 없는 곳에 심어 둔 부적들은 그가 천리안을 펼치는 순간 활성화 되며 그 주위의 광경을 그래도 사공무경에게 전했다.

가만히 자신의 방에 앉아서 천하를 모두 감시할 수 있는 수법이었다.

단점이라면 그의 무공으로도 한 달에 한 번 정도밖에 펼칠 수 없었고 그 지속 시간도 한 시진에 불과했다.

또 다른 단점은 부적을 붙은 장소에서 십 장이 넘어가면 볼 수 없다는 점이었다.

* * *

드디어 천하상인협회의 출범을 위한 모임이 시작이 되었다. 둥근 원탁에 앉은 상단을 대표하는 총수들과 총행수 그리고 이름난 대상들이 빙 둘러 앉아 있었다.

당연히 진무성과 설화영도 누구보다 일찍 나와 모두를 직접 반갑게 맞았다.

모임 시작이 반 시각도 남지 않은 시간.

천하상단의 사공무송이 나타났다. 가장 마지막에 등장한 것이었다.

그런 그를 보는 상인들의 표정은 가지각색이었다.

아직 상황 파악을 못했나 하는 표정을 짓는 사람도 있었고 역시 천하상단답다며 감탄하는 자들도 있었다.

하지만 대부분은 걱정스러운 표정을 짓고 있었다.

실질적으로 천하제일의 상단인 천하상단이었지만 떠오르는 해 아니 이미 중천에 떠 있는 거대한 태양을 향해 마지막 자존심을 부리는 행동에 그들까지도 가슴이 서늘해지고 있었기 때문이었다.

하지만 진무성은 개의치 않는다는 듯 그의 앞으로 다가가 공손히 포권을 하며 말했다.

"드디어 천하상단까지 다 모였으니 명실공이 오늘의 모임은 역사에도 기록이 될 것입니다. 좋은 역사의 기록이 될 수 있도록 원만한 합의를 이끌어 냈으면 합니다."

진무성이 말을 끝내자 송대율이 포권을 하며 말했다.

"천하상단의 총수님께서 이렇게 오시니 오늘 만남이 더욱 빛을 발하는 것 같습니다. 우선 자리에 앉으시지요."

사공무송의 자리는 우연인지 아니면 계획된 것인지 진무성의 그대로 마주 보는 곳에 마련이 되어 있었다.

모두가 앉자 진무성은 자신의 자리로 돌아가더니 술잔을 들어 올렸다.

"천하를 먹여 살리시는 여러 어르신들을 직접 찾아가지 못하고 이렇게 어려운 발검음을 하게 한 저의 죄가 큽니다. 그래서 벌주 석 잔을 마셔 용서를 빌까 합니다."

말을 마친 진무성은 그 자리에서 연달아 술잔에 술을 채우며 단숨에 석잔을 마셔 버렸다.

"자, 벌주는 마셨으니 이제 오늘 회의의 성공을 위해 모두 함께 건배(乾杯)를 하겠습니다."

진무성이 다시 잔에 술을 채우고 높이 들어 올리자 모두는 자신의 앞에 놓인 술잔을 들어 진무성처럼 높이 들어 올렸다.

"천하상인협회의 성공적인 출범을 위하여!"

"성공을 기원하며!"

진무성이 크게 외치며 술잔을 털어넣자 모두는 따라서 크게 외치고는 술잔을 비웠다.

"두 분께서는 안 드십니까?"

진무성은 모두가 다 마셨지만 두 명이 여전히 술잔을 들고 있자 미소를 지으며 부드럽게 물었다.

그는 사공무송과 호남의 대상으로 알려진 조여창이었다. 조여창은 거의 천하상단의 하부 조직처럼 행동하는 자였다. 그가 파는 물건들은 모두 천하상단에서 조달했고 천하상단의 상권에서 마음대로 장사를 할 수 있는 특혜를 가진 상회이기도 했다.

당연히 그는 이미 사공무송의 편에 서고 있었다.

"진 총수님께 묻고 묻고 싶은 것이 있습니다."

조여창의 질문에 진무성은 그럴 줄 알았다는 듯 고개를 끄덕이며 말했다.

"당연히 궁금한 것이 있으면 물어보셔야지요. 무엇이 그리 궁금하신지 말씀해 보십시오."

"저희들은 지금까지 아무 방해없이 상회를 잘 꾸려 왔습니다. 그런데 갑자기 협회를 만드신다고 하시니 그 이유가 궁금합니다."

"당연히 궁금하시겠지요. 그래서 그 이유에 대해 여러분께 설명하고자 이런 자리를 만든 것입니다."

진무성은 연단으로 올라가더니 옆에 놓인 게시판의 종이를 가리키며 말했다.

"우선 이것을 보아 주십시오."

                    (창룡군림 18권에서 계속)